BASTEI
LÜBBE

John Carpenters
Dark Star

Der Roman zu Carpenters erstem Kultfilm von Alan Dean Foster

Ins Deutsche übertragen
von Jürgen Perkeo

BASTEI
LÜBBE

BASTEI-LÜBBE-TASCHENBUCH
Band 24 005

Erste Auflage: März 1980
Zweite Auflage: September 1984
Dritte Auflage: November 1992

Deutsche Lizenzausgabe 1977/80
Bastei Verlag
Gustav H. Lübbe GmbH & Co.,
Bergisch Gladbach
Originaltitel: Dark Star
Umschlaggestaltung:
Quadro Grafik, Bensberg
Druck und Verarbeitung:
Brodard & Taupin,
La Flèche, Frankreich
Printed in France

ISBN 3-404-24005-7

I

Talby zählte wieder Sterne.

Er wußte nicht mehr genau, wann er die Zahl vergessen hatte. Wahrscheinlich waren sie alle irgendwo in den Aufzeichnungen des Astronomen fein säuberlich festgehalten – oder hatte er das Ortungsgerät längst abgeschaltet? Es war so schwer, sich an all das zu erinnern. Ihm war, als hätte er schon vor langer Zeit alle wissenschaftlichen Instrumente abgeschaltet, weil es fast gotteslästerlich schien, eine solche Herrlichkeit auf lächerliche Eintragungen in einem Buch zu reduzieren.

Außerdem spielte eine Zahl gar keine Rolle, oder? Es begegneten ihnen viele Sterne, und wenn die Schwachköpfe von der Erde Aufzeichnungen von ihnen haben wollten, dann sollten sie doch nach hier kommen und eigene Ortungen vornehmen. Talby ging es nicht ein, wie man sich mit Sternen beschäftigen konnte, indem man sie einfach in mathematischen Tabellen erfaßte.

Aber er zählte weiter; es fiel ihm leicht, es war etwas Natürliches. Es machte den Menschen frei – ein Stern, zwei Sterne, noch einer sind drei.

Mit dem bloßen Auge vermochten die meisten Navigatoren nur ein paar Größengrade zu unterscheiden, aber Talby hatte mehr Praxis als die meisten Navigatoren. Und seine Arbeit war sein Leben.

Um darin wirklich gut zu werden, mußte man eine lange Praxis haben, mußte Aufnahmefähigkeit und Sinne schärfen, bis Auge und Verstand instinktiv arbeiteten.

Wie konnte ein Mensch die Maße einer Sonne erfassen, wenn er innehalten und darüber nachdenken mußte? Talby lächelte.

Er lehnte sich in seine pneumatische Astronomenliege zurück, eine bleiche Bohne in einer anschmiegsamen kastanienbraunen Hülse, und starrte hinauf durch die Kuppel. Er hatte sie von innen und außen so oft poliert, daß sie kaum noch zu sehen war. Jeder optische Störfaktor war aus ihr herausgeschrubbt worden, so daß es jetzt fast keine Kuppel mehr zu geben schien – nur Talby in seinem Sitz schwebte in einem Loch an der Spitze des Schiffes.

Hin und wieder löste ein Knopfdruck ein gedämpftes Summen einer Präzisionsmaschine aus. Der Sitz drehte sich um neunzig, einhundertachtzig, zweihundertsiebzig Grad, und ein neuer Abschnitt des Kosmos kam dadurch in Talbys Sichtbereich.

Talby konnte fast *jede* Größenordnung ausmachen. Natürlich, wenn die Sterne deine besten Freunde sind, dann brauchst du dich nicht anzustrengen, um alles von ihnen zu erfahren. Sie erzählen dir alles und sind glücklich dabei, verraten all ihre Geheimnisse; du brauchst sie nicht zu drängen, du brauchst nicht mit primitiven, gefühllosen Maschinen in ihnen herumzuwühlen.

Das war das Problem, wenn der Mensch in die Tiefen des Alls eindrang. Der Mensch ging dabei so vor wie schon immer in seiner Geschichte – hauend, schlagend, schneidend, eine Axt in der einen, eine Sense in der anderen Hand. Nicht einen Augenblick hörte er zu, sah sich um, versuchte zu sehen und zu verstehen. Es war traurig.

Talbys Methode war da besser, zumindest verletzte er niemanden damit. Wenigstens einem Menschen war es gelungen, dem Universum nicht zur Last zu fallen, sondern mit ihm eins zu werden. Und das Universum zahlte es mit Güte zurück.

Die anderen betrachteten seine besondere Beziehung natürlich anders. Diese armen, durchschnittlichen Seelen – zu seinem größten Bedauern konnte er sein Vergnügen nicht mit ihnen teilen.

Von allen verstand Doolittle ihn noch am besten, und selbst er beharrte darauf, daß der Astronom zuviel Zeit damit verbrachte, in den nackten, leeren Raum zu starren.

Leerer Raum – bedauernswerter Lieutenant Doolittle! Er war nur *innerhalb* des Schiffes leer. Aber das würden sie nie verstehen.

Es waren nur ein paar Tage, ein paar Monate, ein paar Jahre gewesen. Natürlich konnte Doolittle darauf bestehen, daß es Jahrhunderte waren – für Talby änderte das nichts. Ihm war es gelungen, das Universum in drei Teile aufzuteilen: sich selbst, den übrigen Kosmos und die Besatzungsmitglieder, die mit ihm an Bord waren. Doolittle, Pinback, Bioler und Kommandant Powell.

Nein, da stimmte doch etwas nicht . . . ja, das war es. Kommandant Powell war tot. Er fragte sich, wie schon so oft, ob er sich nicht doch dazu zwingen sollte, einen größeren Beitrag zum Schiffsleben zu leisten, den anderen ein besserer Freund zu sein. Er hatte Schwierigkeiten, eine Beziehung zu ihnen herzustellen. Das wurde mit jedem Tag schwieriger. Er versuchte, sie mit seinen wirklichen Freunden zu vergleichen.

Doolittle beispielsweise war ein wütender roter Riese, voller Leidenschaft und Feuer und Wut, die unkontrolliert und unberechenbar in unbewachten Augenblicken hervorbrach. Aber er hielt das Schiff zusammen, hatte das getan, seit Powell in der Finsternis verschwunden war.

Boiler hingegen war ein weißer Zwerg – er war der Größte unter ihnen und der Kleinste, der Empfindsamste und zugleich am wenigsten Überzeugende, derjenige, der entweder zusammenbrechen oder als Nova explodieren würde.

Und dann war da Pinback. Pinback, die durchschnittliche, gewöhnliche Leuchte vom G-Typ. Der fröhlich-rührende Pinback, immer zu Späßen aufgelegt, der aber nie lachte, kaum beachtet wurde. Und wie ein Stern vom Sol-Typ förderte er mehr Leben als der Rest von ihnen zusammen.

Talbys Gedanken wanderten zu einem anderen Stern vom G-Typ, an den er sich nur zu gut erinnerte und um den eine bestimmte bedeutungslose Welt träge kreiste. Er erinnerte sich daran, daß er auf dieser Welt gelebt hatte und daß er wahrscheinlich (obwohl das ohne Unterlagen nicht zu beweisen war) dort geboren wurde.

Ein Finger senkte sich auf einen Knopf, ein Summen – weitere fünfundvierzig Grad Unendlichkeit glitten in sein Blickfeld.

Dort, im oberen Quadranten des Alls, schien ein Doppelstern zu stehen. Natürlich war es auf diese Entfernung und mit dem unbewaffneten Auge unmöglich, einen Doppelstern zu unterscheiden von einer Konstellation zweier Sterne, die scheinbar zusammenstanden, in

Wirklichkeit aber tausend Lichtjahre voneinander entfernt waren. Talby wußte es dennoch.

Für einen Augenblick überlegte er, ob er Doolittle und die anderen von seiner Entdeckung verständigen sollte. Sie mochten Doppelsterne gern. Nein, sie würden sich doch nicht darüber freuen. Die anderen an Bord interessierten sich nur für Planeten – zumindest Boiler und Doolittle. Pinback interessierte sich für alles, ohne sich für irgend etwas zu interessieren.

Die beiden anderen hingegen, sie mochten Planeten sehr gern. Zuallererst die bewohnbaren und dann die instabilen, die irgendwann in einer unbekannten Zukunft die übrigen unbewohnbar machen konnten. In letzter Zeit hatte er das Gefühl, daß besonders Doolittle an instabilen Planeten Gefallen fand, und das machte Talby Sorgen, obwohl er nicht genau festmachen konnte, weshalb.

Unbedeutende, keimverseuchte Stäubchen – Planeten. Unwichtige Flecken, Pilze auf der Haut der Galaxis. Er stellte seinen Sitz steiler auf und sah behaglich nach draußen.

Sollten Doolittle und Boiler und Pinback ihre schimmeligen Planeten haben. Er, Talby, hingegen existierte in völliger Einheit mit den Sternen selbst. Wie kam er dazu, so etwas Unwichtigem wie einem Planeten überhaupt seine Aufmerksamkeit zu schenken? Sollten Doolittle und die anderen deshalb über ihn denken, was sie wollten, es störte ihn nicht. Er würde ruhig bleiben, ganz gleich, welch dunklen Gedanken sie aussprachen. Sollten sie doch denken, was sie wollten, solange es ihnen gefiel, solange sie nur das Schiff ordnungsgemäß flogen.

Denn der Chefastronom der *Dark Star* sah es inzwischen so, daß er nicht mehr länger ein Bestandteil des Schiffes war – vielmehr war das Schiff einzig und allein für ihn da. Er seufzte zufrieden auf.

Solange die anderen ihn in Ruhe ließen und er mit seinen Freunden, den Sternen, zusammensein konnte, war er glücklich. Die bewegungslosen Myriaden von Sonnen waren ihm Gesellschaft genug. Die Sonnen, und vielleicht eines Tages der Phönix.

Sergeant Steel riß seinen ganzen Mut zusammen, während er zu den heranrollenden Göring-Panzern hinüberspähte. Der Abzugsring der Granate klemmte mit bitterem Geschmack zwischen seinen Zähnen. Für seine Kompanie gab es nur noch eine Chance – er mußte aufspringen und das Ei in die offene Luke des Panzers werfen, bevor dessen 88-mm-Kanone und das Zwillings-Maschinengewehr Tod und Verderben unter seinen Leuten anrichten konnten. Er spannte sich zum Sprung . . .

Der Kommunikator summte um Aufmerksamkeit. Pinback legte nur zögernd die zerfledderte Ausgabe der *Wahren Kriegsgeschichten-Comics* weg und starrte zu dem Schalter vor ihm an der Wand. Einen Augenblick lang glaubte er, das Summen hätte aufgehört. Er wandte sich wieder dem unverwundbaren Sergeant Steel zu, aber das unartige Gerät unterbrach ihn wieder.

Jetzt konnte er nicht mehr umhin, zu bestätigen.

Doolittles Stimme klang etwas verärgert. »Pinback, falls du dich von deiner Fortbildungslektüre losreißen kannst, könnten wir dich zwischendurch gebrauchen. Wir nähern uns.«

»Verdammt, ich bin gerade bei einer guten Stelle, Doolittle.«

»Du hast jeden dieser Comics mindestens dreißigmal gelesen, Pinback«, antwortete der Lieutenant müde. »Heb deinen Arsch aus dem Sessel.«

»Mach ich ja schon!« Pinback schaltete den Interkom ab und versah das Heft penibel mit einem Lesezeichen.

Verdammter Doolittle, überlegte er, während er losmarschierte. Sie hatten also wieder eine Welt gefunden, die gesprengt werden mußte – na und? Deshalb hätten sie ihn ruhig zu Ende lesen lassen können. Manchmal ging ihm Doolittle ganz schön auf die Nerven.

Wie üblich sagte niemand ein Wort zu ihm, als er den engen Kontrollraum betrat. Stumm glitt er in seinen Sessel zwischen Doolittle und Boiler, überprüfte gewohnheitsmäßig die Anzeigen und nickte stumm vor sich hin.

Alles in Ordnung – sie hatten noch viel Zeit, bevor sie in ihren Aktionsradius für den neuen Zielstern gelangten. Doolittle wollte ihn nur nervös machen, indem er ihn so früh heraufholte. Nun, er würde sich jedenfalls nichts anmerken lassen.

Dann bemerkte er, wie die Kontrollampen des Überlichtkommunikators am unteren Ende seines Armaturenbrettes aufleuchteten. Er sah nach rechts zu Boiler, dann zu Doolittle. Ihre Anzeigen flackerten ebenfalls, aber keiner schien es zu bemerken oder sich dafür zu interessieren. Wer wußte, wie lange sie schon flackerten.

Er aktivierte das Gerät, und prompt meldete sich die

Computerstimme. »Achtung, Achtung, Sendung von der Erdbasis eingetroffen, von der Flugkontrolle in McMurdo Sound, Antarctica. An das Scout-Schiff *Dark Star*.«

Pinback sah verstohlen zu seinen Nachbarn. Es schien immer noch niemanden zu interessieren. Nun, warum sollte er sich dann darüber aufregen. Er ignorierte es ebenfalls, während der Computer die Nachricht ständig wiederholte.

Eine Person im Kontrollraum war schon viel – zu dritt wurde es unerträglich eng, was gleichzeitig die Arbeitseffizienz steigerte. Aber es gab noch andere Gründe, warum die Brücke so klein war. Zum einen waren weite Teile des Schiffes zunächst mit komprimierten Ladungen an Nahrungsmitteln, Ersatzteilen und Lebendmaterial angefüllt gewesen – das meiste davon war inzwischen allerdings verschwunden.

Und die Bomben hatten sehr viel Platz gebraucht. Es störte Pinback, daß Doolittle und Boiler darauf beharrten, sie als Bomben zu bezeichnen. Er zog es vor, von ihnen als dem zu sprechen, was sie waren – thermostellare Auslösemechanismen.

Das Wort Bombe schien Pinback unpassend zu sein für einen so gottähnlichen und überwältigenden Komplex moderner Technologie. Hin und wieder gab Boiler ihnen andere Namen – meist unaussprechliche –, weil die Bomben der Hauptgrund für ihre unaussprechliche Mission waren.

Talby nannte sie zwar nicht Bomben, aber Talby sprach überhaupt nicht von ihnen. Immerhin hatte sie auch Kommandant Powell als thermostellare Auslösemechanismen bezeichnet, aber Kommandant Powell war . . .

»Achtung, Achtung, Sendung von der Erdbasis eingetroffen, von der Flugkontrolle in McMurd . . .«

Pinback konnte die Spannung nicht mehr ertragen.

»He, Leute«, sagte er schließlich, seine Stimme war die übliche Mischung aus Bitten und Klagen. »Es ist eine Nachricht von der Erde. Von der Erde! Will sie denn niemand bestätigen?« – Boilers Reaktion war vorhersagbar. Er legte sich in seinen Sessel zurück und drückte auf Knöpfen herum – sinnloserweise, denn das Schiff reagierte schon längst nicht mehr auf diese Knöpfe. Und genau deshalb tat Boiler es immer wieder. Einen an, einen aus. An, aus.

Pinback versuchte seit langem, Freundschaft mit Boiler zu schließen, obwohl er ihn im Grunde haßte und sogar Angst vor ihm hatte. Es war keine Frage, daß Boiler ihm jederzeit körperlich überlegen war.

Er widmete seine Aufmerksamkeit Doolittle, versuchte seiner Stimme mehr Gewicht zu geben und versagte schrecklich dabei. »Wollen wir die Nachricht nicht annehmen, Lieutenant?«

Doolitte musterte ihn mit der sanften Verachtung im Blick, die er speziell für Pinback zu verspüren schien. »Nachricht? Was soll's? Sie haben uns doch nichts Wichtiges zu sagen, und sie sagen uns nicht einmal etwas Nettes. Warum sollen wir uns also darum kümmern?

Außerdem liegt eine instabile Welt vor uns, Pinback. Solltest du das schon wieder vergessen haben? Du vergißt doch öfter etwas, Pinback.«

Da war es wieder! Warum mußte er so etwas sagen? Pinback versuchte es zu ignorieren.

»Das ist mir bekannt, Sir. Ich weiß, daß vor uns eine instabile Welt liegt, die gesprengt werden muß. Und ich bin dazu bereit, wie immer – aber eine Nachricht von der Erde! Wir hatten schon seit Tagen keine Nachricht von der Erde mehr.«

»Seit Monaten«, murmelte Boiler.

»Jahren«, korrigierte Doolittle.

Pinback fühlte sich mutlos und verlassen. Er wollte unbedingt die Nachricht von der Erde hören. Sollte er sie allein bestätigen? Oder war das ein zu kühner Schritt?

Warum eigentlich? Wenn man von Doolittle absah, war er jedem an Bord rangmäßig überlegen – oder besser: er wäre jedem an Bord außer Doolittle überlegen, wenn er Sergeant Elmer Pinback von der Kosmos-Forschungsabteilung wäre – oder war er das doch?

Wenn er nicht Sergeant Elmer Pinback war, wer war er dann? Was hatte Doolittle soeben über das Vergessen gesagt? Nein, nein!

Er sah an seiner Uniform hinab und seufzte erleichtert. Der aufgenähte Name besagte eindeutig *Pinback*. Und das war der einzige Name, den er sich für sich selbst vorstellen konnte, obwohl es da eine kleine Tür in seinem Verstande gab, die sich öffnete, nur einen Spalt weit, hinter der . . .

Er knallte sie wieder zu. Er war Sergeant Elmer Pinback, Kosmos-Forschungsabteilung, und jetzt hatte er genug von dem Unsinn.

Wie es sich jetzt entwickelte, wurde er davon verschont, eine Entscheidung zu treffen, was ihn sehr erleichterte. Er gehörte nun einmal nicht zu den Leuten, die gern Entscheidungen trafen. Es war einfach nicht seine Stärke.

Doolittle traf offensichtlich auch nicht gern Entscheidungen, aber es schien immer an ihm hängenzubleiben. Jetzt griff er mit einer Hand nach einem Schalter und drehte ihn langsam herum.

Der Zentralbildschirm über ihren Köpfen wurde hell. Pinback sah ängstlich und erwartungsvoll zugleich hinauf. Vielleicht, vielleicht war es sogar ein Befehl zur Rückkehr. Dann schalt er sich einen Narren – ein wirklich unsinniger Gedanke. Sie würden keinen Befehl zur Rückkehr erhalten, bevor ihre Mission beendet war. Aber es schadete nichts, zu hoffen.

Als Doolittle und schließlich auch Boiler nach oben sahen, hatte sich das Bild verfestigt. Mitten auf dem Schirm war ein Fremder zu sehen.

Der Fremde hatte ein breites Gesicht mit einer unerträglichen Hautfarbe, die sich am ehesten mit Blaßrosa bezeichnen ließ. Sein übriger Körper steckte in einer engen, gutsitzenden, frisch gebügelten Uniform. Das Gesicht hatte zwei blaue Augen, eine Nase, einen Mund mit dem üblichen Satz Zähne – die jetzt während eines breiten Lächelns zu sehen waren – und war nicht älter als das eines jeden Besatzungsmitgliedes der *Dark Star*. Das änderte jedoch nichts daran, daß es unglaublich jung und unschuldig aussah. Es war auch sauber rasiert, und darüber wuchsen nur noch wenig Haare, so daß es obszön nackt wirkte. Der Fremde war ein menschliches Wesen.

Die Leute der *Dark Star* waren auch einmal menschliche Wesen gewesen, Musterbeispiele menschlicher Wesen, ein Quintett der besten fünf Jungen, die es gab. Aber sie hatten sich alle irgendwie verändert, seit die Maßstäbe dafür sich geändert hatten.

Man hatte sie vornehmlich wegen ihrer Jugend ausgesucht, dn wenn sie zurückkehrten, waren auf dem Schiff vielleicht nur ein paar Jahre vergangen, auf der Erde aber möglicherweise ein Jahrhundert.

Man war dabei davon ausgegangen, daß Männer, die noch relativ jung waren, wenn sie von einer solchen Reise zurückkehrten, sich besser an die neue Gesellschaft oder Zivilisation anzupassen vermochten, die sie dann vorfanden – besser jedenfalls als Männer mittleren Alters, die alt zurückkamen. Junge Menschen hatten zudem weniger Erinnerungen, an denen sie hängen konnten oder denen sie nachtrauerten. So jedenfalls hatten die Psychometriker argumentiert.

Sie hatten teilweise recht und teilweise unrecht gehabt. Die Männer hatten zwar weniger Erinnerungen als ältere Menschen, doch sie erinnerten sich intensiver.

Nun sahen sie alle hinauf in den Spiegel, den der Bildschirm für sie darstellte, und sie beobachteten diesen bleichen fremden Organismus, der für sie bedeutungsloses Zeug plapperte, und sie haßten ihn und alles, was er in diesem Augenblick darstellte.

Am schwierigsten war es für Doolittle. Talby hatte seine Sterne, Pinback seine Beinahe-Erinnerungen und seine Comic-Hefte, Boiler seine stille Wut – aber Doolittle hatte nur erinnerungen, stärker als die anderen. Daher haßte er auch am meisten.

Haßte das heiße Bad, das der Kerl vor nicht allzu

langer Zeit genossen hatte. Haßte sein freundliches Lächeln und seine sicher ungespielte Gutmütigkeit. Haßte seine saubere Kleidung und die gewienerten Epauletten und die frische Luft, die er hatte, und ganz besonders haßte er das Mädchen, zu dem der Mann wahrscheinlich in jener Nacht, als die Sendung fertiggestellt wurde, gegangen war, haßte die weichen Schenkel, den flachen Leib, die köstlichen, wohlgeformten . . .

Er haßte die Computer, die hirnlos hinter diesen Leuten standen, haßte die Menschen, die jene Computer bedienten, und jene Computer, die die Menschen beherrschten, und die Frauen der Männer und ihre Freunde und Bekannten, die sonntags zum Golfspielen hinausfuhren, und die Kinder jener Bekannten, die sonntags Golf spielten, und die Ausflüge, bei denen sie hinaus an den Strand fuhren . . .

An den Strand, an *den* Leuchtturm der Welt, zu dem fernen grünen Licht, das irgendwo im Hintergrund seines schmerzenden Schädels brannte.

Er haßte sie alle – die Steuerzahler jener Welt, die auf die idiotischen Ermahnungen der Wissenschaftler und Politiker gehört hatten, durch die die Pläne zur Kolonisation von bewohnbaren Planeten der Galaxis vorangetrieben wurden, und durch die schließlich auch das *Dark-Star*-Projekt ermöglicht wurde.

Bei diesem Projekt ging es darum, instabile Körper oder Planeten in Systemen mit besiedelbaren Welten zu eliminieren. Eine Unregelmäßigkeit in der Umlaufbahn, ein Grollen in den geschmolzenen Eingeweiden eines Planeten – das genügte, um die *Dark Star* anzulocken, die dann einen themorstellaren Auslöser in das Innere einer Welt plazierte und damit eine Kettenreaktion auslöste, die dafür sorgte, daß der Körper niemals irgendeine menschliche Niederlassung gefährden konnte. Am meisten aber haßte Doolittle sie dafür, daß sie ihn dafür ausgesucht hatten, das zu tun. Und natürlich ließen sie ihn nicht eher nach Hause zurück, bevor die Flugmission ordnungsgemäß zu Ende geführt war.

Nicht, daß man auch nur einem Besatzungsmitglied der *Dark Star* nicht vertraut hätte, aber es bestand immer die Möglichkeit, zumal unter diesen extremen Bedingungen, wie die Psychometriker meinten, daß selbst der beste Mann seinen Verstand verlor. Also hatte man vorsichthalber in die *Dark Star* explosives Material eingebaut, das erst dann unschädlich gemacht werden konnte, wenn die letzte themostellare Einrichtung ihre Aufgabe erfüllt hatte.

Niemand wollte das Risiko eingehen, einen dieser Planetenkiller plötzlich an der Hintertür des Sonnensystems wiederzufinden.

Und sie hatten es schon fast geschafft. Was als eine friedliche Reise begonnen hatte, war zu einer hektischen Suche nach immer neuen instabilen Welten geworden. Achtzehn Planeten zerstört in drei Jahren Schiffszeit. Drei Jahre – zwanzig Jahre auf der Erde.

Sie hatten nur noch zwei Bomben übrig, die Nummern neunzehn und zwanzig; waren sie erst einmal auf ihrem selbstmörderischen Kurs, konnte die *Dark Star* nach Hause zurückkehren. Nach Hause . . . zurück zu den Fremden, die er haßte.

Doolittle aktivierte die Aufzeichnung.

Der Fremde hustete ein wenig, räusperte sich und

begann glatt und nur mit einem sehr geringen Anstrich Selbstbewußtsein zu sprechen.

»Hallo, Leute«, sagte er strahlend. »Freut uns, daß wir endlich eure Nachricht bekommen haben. Es wird euch sicher interessieren, daß sie über die ganze Erde ausgestrahlt worden ist – zur besten Zeit. Ihr hättet die Einschaltquoten sehen müssen, Leute. Ich meine, es war phänomenal, übertraf die bisherigen Spitzenquoten . . .«

Der Fremde zögerte, als höre er auf eine Stimme außerhalb des Aufnahmebereichs. Er nickte unmerklich und sprach weiter, nun etwas ernster.

»Was das erste Kolonistenschiff angeht: In der UN haben sich alle monatelang darüber zerrissen, aber eure Nachricht gab den Pro-Kolonisationskräften ungeheuren Aufschwung. Nichts beeinflußt einen widerspenstigen Politprofi so wie ein paar aufrichtige Emotionen. Die Leute hier in der Flugkontrolle sind wirklich stolz darauf, wie ihr mit all den schweren Problemen fertig geworden seid.

Was das Schiff betrifft, so müssen nur noch ein paar Einzelheiten geklärt werden. Zum Beispiel meinen die Sowjets, daß sie den Überlichtantrieb erfunden haben und ihnen deshalb die größte Anzahl Kolonisten zusteht, während die Chinesen dafür plädieren, daß das Schiff proportional nach der prozentualen Verteilung der Weltbevölkerung besetzt werden sollte.

Die Israelis bestehen auf einer Extra-Zuteilung, weil sie den Computer gebaut haben, und wir, die wir das meiste Material bezahlt haben und auch die Besatzung stellen, beharren natürlich darauf, ein paar Leute mehr mitzuschicken als die Itaker und die . . .«

Wieder sah der Fremde verdutzt drein, lauschte auf eine unhörbare Stimme. Dann fuhr er lächelnd fort.

»Das ist aber alles nur Innenpolitik, die euch nicht weiter zu interessieren braucht.« Er zögerte und setzte eine besorgte Miene auf. »Die Zeitverzögerung bei diesen Nachrichten wird größer . . . sogar größer, als die Jungs von der Relativitätsberechnung erwartet hatten. Wir leiten von einer zehnjährigen Verzögerung ab, daß ihr euch etwa achtzehn Parseks weit draußen befindet. Wir hatten anfangs angenommen, ihr würdet auf einer mehr kreisförmigen Bahn näher an der Erde arbeiten. Aber ich vermute, daß Systeme mit bewohnbaren Welten und instabilen Planeten noch weiter auseinanderliegen, als die Jungs hier vorhergesagt haben, stimmt's?

Was ich damit sagen will, läuft darauf hinaus, daß hier einige Leute leicht nervös werden, wenn wir nicht wie geplant Nachricht von euch erhalten. Versucht doch, uns öfter mal ein paar Zeilen zukommen zu lassen, okay? Nur mal so ein Hallo.« Sein Grinsen wurde breiter, und er sah auf ein Textblatt vor sich hinunter.

»Was die einzelnen Punkte in eurer Nachricht angeht – das mit den Strahlungslecks bedauern wir natürlich sehr, freuen uns aber zu hören, daß dadurch nur wenige wichtige Mechanismen geschädigt wurden und daß nichts davon betroffen ist, was für die Mission lebenswichtig wäre. Mit tiefem Bedauern hören wir vom Tod des Kommandanten Powell – ich persönlich war völlig erschüttert. Natürlich hatte ich nie die Ehre, ihn persönlich kennenzulernen, aber ich erinnere mich daran, wie wir von ihm lasen, und auch von euch, damals in der Schule. Auf der Erde herrschte eine Woche lang Trauer.

Die Flaggen waren auf Halbmast gesetzt, und ein Ausschuß des Kongresses wurde einberufen, um die Firma ausfindig zu machen, die die defekte Elektronik des Sitzes hergestellt hat.

Wir wissen aber, daß ein solcher Kurzschluß in der Sitzanlage nur eine Wahrscheinlichkeit von eins zu einer Million hat, so daß keiner von euch sich Gedanken zu machen braucht, wenn er seinen Job im Sitzen verrichtet.« Er lächelte wieder.

»Wir stehen alle hundertprozentig hinter euch, Jungs. Das, was ihr da draußen macht, wird in der Erinnerung von Milliarden Kolonisten noch in tausend Jahren vorhanden sein, wenn all die Sonnensysteme, die ihr gesäubert habt, mit blühenden Völkern übersät sind – die alle nach demokratischen Prinzipien leben und regiert werden, wie wir hoffen.« Er zwinkerte mit den Augen. »Nun zu euren beiden Wünschen . . .« Sein Blick glitt wieder zu dem unsichtbaren Textblatt.

»Zuerst zu dem Wunsch nach einer tragbaren Strahlenabschirmung und einem Schweißgerät, um die offenbar defekte Schiffshülle zu reparieren.« Er schüttelte den Kopf. »Tut mir leid, mitteilen zu müssen, daß dieser Wunsch abgelehnt worden ist. Es hat einige Kürzungen bei den für die UN bewilligten Mitteln gegeben, und alles konzentriert sich auf das Kolonistenschiff. Wir können es uns nicht leisten, ein überlichtschnelles Transportschiff zu starten. Außerdem war es unserer Sache wenig hilfreich, als wir zugeben mußten, nicht genau zu wissen, wo ihr euch befindet. Aber habt ihr schon mal versucht, einem malayischen Priester zu erklären, wie lang ein Parsek ist?

Aber wir sind sicher, daß ihr es schaffen werdet. Ihr habt bisher schon Großartiges geleistet. Lourdes – er ist jetzt unser Projektleiter – sagt, daß er nicht weiß, wie es dir und Boiler gelungen ist, das Schutzschild in der Nähe des Antriebs zu erneuern, ohne eine tödliche Strahlendosis zu erhalten. Er glaubt nicht, daß es euch steril gemacht hat, denn ihr hättet dabei eigentlich den Tod finden müssen. Aber darüber solltet ihr euch keine unnötigen Sorgen machen.

Was den zweiten Wunsch betrifft . . .« Er lehnte sich vor, sah nach links und rechts, als habe er etwas Vertrauliches mitzuteilen. »Offen gesagt, wenn ich hier in der Flugkontrolle etwas zu sagen hätte, würden wir die sechs Mädchen einfrieren und sie zu euch hinaufschießen. Das Dumme war nur, daß irgendein Idiot die Sache an die Presse hat durchsickern lassen, die das unverhältnismäßig aufgebauscht hat. Aber keine Angst, wir haben uns für euch eingesetzt . . . haben alles als einen großen Witz dargestellt, um zu beweisen, wie gut es euch geht, okay?

Boiler drückte seine Knöpfe immer schneller.

»Ich muß also leider sagen«, fuhr der Fremde fort, »daß diese Sache sich nicht mehr durchführen läßt. Aber zumindest wißt ihr, daß wir hier unten große Sympathien für euch haben. Es sind höchste Stellen, die so manches erschweren.«

»Ich wette, der ist so falsch wie eine 2-Dollar-Note«, sagte Boiler grollend.

»Der sieht schwul aus – seht euch bloß seine Fingernägel an.«

»Das kann die gegenwärtige Mode auf der Erde sein«,

widersprach Pinback. »Außerdem kannst du seine Nägel nicht sehen, sie sind außerhalb des Kamerabereichs.«

»Nun, ich habe sie gesehen«, beharrte Boiler lautstark. Er funkelte den Sergeanten an. »Willst du etwas von mir?«

»Nun, äh . . . nein«, gab Pinback zu. »Ich meine, ich wußte nicht, daß dir das so viel bedeutet . . . Ich meine . . .«

»Verdammte perverse Brüder«, fluchte Boiler.

»Ruhe, Boiler«, sagte Doolittle sanft. Er hatte einen Finger auf der Stopptaste für den Film. »Wir haben damit angefangen und können auch den Rest noch hören.«

»Wie dem auch sei«, fuhr der Fremde fort, »jetzt wißt ihr, wie es hier unten auf der Erde steht. Oder hier oben auf der Erde, kommt darauf an, in welche Richtung ihr fliegt, Jungs.« Er setzte ein Lachen hinzu. »Ich wünschte, ich könnte euch noch mehr berichten, aber wie ihr wißt, sind solche Sendungen in die Tiefen des Alls sehr teuer; ich möchte also nur noch sagen, daß wir hier von McMurdo wünschen, daß ihr eure Arbeit weiter so gut macht, und laßt ab und zu mal was hören, ja?«

Ein Flackern und Zischen; die Worte ENDE DER ÜBERTRAGUNG erschienen auf dem Bildschirm. Doolittle schaltete ihn ab.

»Wundert mich, daß er uns nicht eine Kußhand zugeworfen hat«, murmelte Boiler, doch die anderen ignorierten ihn.

»Es ist doch schön zu wissen, daß sie so herzlich an uns denken, nicht wahr, Leute?« Pinback wagte sich vorsichtig vor, sah von Doolittle zu Boiler und wieder zurück.

»Sei ruhig, Pinback«, sagte Doolittle und bediente seine Kontrollen. »Wir sind fast da. Wir haben einen Planeten zu sprengen.«

»Ihr wollt euch einfach nie mit mir unterhalten.« Pinback verschränkte die Arme vor der Brust und lehnte sich schmollend zurück. »Sprengen, sprengen, ihr denkt an nichts anderes mehr. Wann haben wir das letzte Mal zusammengesessen und nur so geredet? Einfach so, über kein besonderes Thema?«

»Das machst du die ganze Zeit, Pinback.«

Oh, du hältst dich wohl für sehr klug, Doolittle, wie? dachte Pinback. Wir werden sehen, wer von dieser Reise mit einem klaren Verstand zurückkehrt. Sollen die Jungs von der Psyche mal in deinen Kopf sehen. Dann wirst du es bereuen, nicht mit mir geredet zu haben, als dazu noch Gelegenheit war . . .

Pinback war froh, als Doolittle den Zentralschirm einschaltete und ihr nächstes Planetenopfer darauf erschien. Er fürchtete, in seinen eigenen Gedanken zu ertrinken.

Der Schirm bildete eine sterile, leere, wüste Welt ab. Keine Tiere bevölkerten ihre Oberfläche, keine Fische schwammen in ihren Ozeanen und Seen. Nichts wuchs dort oder bewegte sich. Sie unterschied sich nicht von tausend anderen Welten, die sie überprüft hatten, aber sie hatte eines gemeinsam mit achtzehn anderen – achtzehn, die sie untersucht und zerstört hatten.

Sie hatten zwei bewohnbare Welten in diesem System gefunden. Ein Planet war sehr erdähnlich, ein anderer entfernt so. Eines Tages würde er vielleicht eine große menschliche Bevölkerung beherbergen, wie es die Erde heute tat.

Wie die Dinge aber standen, hatte es keinen Sinn, auf einem von beiden eine Bevölkerung anzusiedeln. Denn nach Angaben der Computer befand sich die Welt, die sich jetzt auf dem Schirm befand, in einer instabilen Umlaufbahn. In spätestens zweihunderttausend Jahren, plus oder minus fünftausend, würde sie spiralförmig in ihre Sonne stürzen.

Möglicherweise geschah dabei nichts weiter, als daß diese Welt zu Asche verging, aber es war auch denkbar, daß die Sonne ihre Position geringfügig änderte oder daß eine Nova ausgelöst wurde.

Die Besatzung der *Dark Star* würde jetzt darangehen müssen, diesen Planeten in einer Explosion zu zerstören, wie sie die Erde noch nie gesehen hatte – und das nur, um das System für vier oder fünf Milliarden Exemplare des gesellschaftlichen Insekts Mensch bewohnbar und sicher zu machen. In seinem Kopfhörer kam plötzlich eine Stimme auf.

»Was hast du gesagt, Pinback?« murmelte er als Antwort.

Er hörte nur ein Gurgeln, Pfeifen und Quietschen.

»Was war das?« fragte er zurück. »Ich kann dich immer noch nicht verstehen.« Warum sollte er nicht nett zu dem armen Pinback sein, der schließlich sein Bestes tat, um die Arbeit eines Sergeanten zu erledigen, oder es zumindest versuchte.

Pinback war ständig am Versuchen. Das war eines jener Probleme, und irgendwie erinnerte er Doolittle ein wenig an den öligen jungen Offizier, der die Nachricht von der Erde an sie gesprochen hatte.

Pinback schob das Mikrofon zur Seite und lehnte sich

herüber. »Ich sagte, ich versuche, Talby zu erreichen. Irgendwas stimmt mit dem verdammten Interkom nicht. Wenn du schon nicht mit mir reden willst, dann gehe ich an meine Arbeit. Ich brauche eine Durchmesserschätzung. Erwartest du vielleicht, daß ich mir die selbst ausrechne?«

»Beruhige dich, Pinback. Auf diesem Schiff geht sowieso kaum noch was.« Er klopfte gegen sein Mirkrofon. »Talby, Talby, hier ist Doolittle, hörst du mich? Antworte mir, Talby . . . wach schon auf, Mann!«

Drei blauweiße Sonnen, knapp über der Ebene der Ekliptik. Er speicherte sie in seinem geistigen Katalog auf. Seltsam, drei Sonnen von fast derselben Größe auf so engem Raum gruppiert zu finden. Eine weitere interessante Überraschung. Talby betätigte die Kontrollen, sein Beobachtungssitz bewegte sich um weitere neunzig Grad nach vorn. Vielleicht konnte er Doolittle überreden, das Schiff wieder zu drehen, damit er für eine Weile die andere Hälfte des Himmels sehen konnte. Doolittle verstand diese Wünsche nie. Er beharrte darauf, daß nach einer Weile alle Sterne gleich aussahen – Talby vermochte ihn nicht sehend zu machen. Armer Doolittle.

Armer Talby.

Irgend etwas summte in seinem Kopf. Zuerst hielt er es für eine neue Welle seiner Kopfschmerzen – irgendwie war es das auch.

»Talby, Talby, hier ist Doolittle. Kannst du mich hören? Bestätige, Talby.«

Der Korporal blinzelte, zwang sich, das wirkliche Universum zu verlassen und zurückzukehren in die verwirrende Traumwelt der Realität ... der dreieckigen Traumwelt der *Dark Star*.

»O ja, Doolittle. Ja, ich höre dich. Was gibt es?«

Doolittle bediente weiter seine Instrumente vor sich, während er mit Talby sprach. Der Astronom bereitete ihm allmählich Sorgen. Nein, nicht daß Talby jemals etwas getan hätte, was die Sicherheit des Schiffes bedrohte – ganz im Gegenteil. Er übererfüllte seine Pflicht. Aber es störte Doolittle, daß der Astronom so viel Zeit in seiner Beobachtungskuppel verbrachte. Es störte Doolittle, daß Talby seine Mahlzeiten nicht mit dem Rest von ihnen einnahm. Es störte Doolittle, daß Talby sich nie an ihren – zugegebenermaßen tödlich langweiligen – Erholungsstunden beteiligte ...

Aber am meisten störte Doolittle, daß Talby so verflucht glücklich zu sein schien ...

»Lieutenant Doolittle?« Er bemerkte, daß ihn Pinback von der Seite her ansah.

»Ich bin okay, Pinback. Hallo, Talby? Wir brauchen hier eine Durchmesserschätzung.«

»Verstanden, Doolittle«, antwortete Talby prompt und korrekt. »Ist in einer Minute da.«

»Talby, hast du wieder gezählt?«

»Ich zähle immer, Lieutenant, das wißt ihr doch alle.« Eine Pause, dann: »Null komma null neun fünf – Spezialeinsatz nicht erforderlich. Schade, daß der verloren ist.«

»Ja«, sagte Doolittle knapp. »Danke, Talby.«

Doolittle hätte Talby zu gern gehaßt – wegen seines Glücks, seiner korrekten Arbeit, für die Art, wie er die Beschwernisse dieser Reise überstand. Aber er konnte es nicht. Talby war einer von ihnen, Talby war ein Mensch auf eine Art, wie es der froschgesichtige Sprecher von der Erde niemals sein konnte.

Pinback meldete sich wieder. »Ich brauche eine GHF-Messung zur Gravitationskorrektur.«

»Wird gemacht«, antwortete Doolittle.

»Ich gebe einen B-SA plus eins durch, Boiler.«

Doolittle lächelte fast. Sie arbeiteten jetzt locker und leicht zusammen. Die übergeschmeidige Besatzung der *Dark Star* tat das, wofür sie ausgebildet worden war. Jeder Mann wurde zu einem integralen Bestandteil der Einheit, jeder unterstellte seine persönliche Meinung, seine Wünsche und seine Gefühle den übergeordneten Erfordernissen ihrer Mission.

Das war der Liebe sehr ähnlich – daran konnten sie jetzt sogar denken, ohne zusammenzubrechen –, wie sie als Team funktionierten. Sie konnten selbst an Sex . . . Nein, nein, das war ein Gedanke, den er noch immer unterdrücken mußte. Die Psychometriker hatten zwar gemeint, daß sie diese Probleme im Griff hätten, aber seit der Auto-Erotisierer zusammengebrochen war . . .

Er überprüfte ein Meßgerät. »Pinback?«

»Ja, Doolittle?«

»Deine GFH-Messung ergibt minus fünfzehn.«

»Okay.« Pinback hantierte an seinen Kontrollen, runzelte ein wenig die Stirn.

»Doolittle?«

»Ja?«

»Ich brauche eine . . .« Er zögerte, überprüfte eine Messung. »Eine Computeranzeige über eine Fail-safe-Markierung.«

»Verstanden, Pinback.«

»Boiler, kannst du mir einige Overdrive-Zahlen durchgeben?«

»Siebenundneunzig Millionen minus acht, korrigiert auf die erwartete Zeit der kritischen Masse.«

»Das stimmt überein.« Der Sergeant nickte. »Ich habe eine Antriebsanzeige von sieben.«

»Kein Problem. Systematisierung eingegeben und bereit«, antwortete Boiler ruhig.

Seltsam, überlegte Doolittle, wie harmonisch Pinback und Doolittle miteinander auskommen konnten, wenn sie zusammenarbeiten zum Besten dieser Mission. Vielleicht konnte die gesamte Menschheit, wenn jeder einzelne in eine große, übergreifende Aufgabe einbezogen war und die Hilfe seines Nachbarn brauchte, so zusammenarbeiten wie der Sergeant und der Korporal.

Feindseligkeit flackerte nur dann zwischen ihnen auf, wenn sie nicht mit der Bedienung des Schiffs befaßt waren.

»Ich habe einen Quantumsanstieg von sieben«, sagte Pinback soeben.

»Pinback, ich habe die Computerergebnisse. Es sind neun-fünf-sieben-sieben. Wiederhole: neun-fünf-sieben-sieben.«

»Also Zeit, mit der Vorstellung zu beginnen«, stellte Boiler fest. Die drei Männer lehnten sich in ihren Sitzen zurück. Im Kontrollraum hing ein Summen in der Luft. »Bombenschacht-Systeme: Funktion bestätigt.«

Zwei Verkleidungsbleche im Bauch der weißen Pfeilspitze, die die *Dark Star* darstellte, glitten auseinander. Eine lange Röhre senkte sich heraus. An einem Ende war eine dicke Scheibe befestigt, die einen rechteckigen Kasten festhielt. Der Kasten war an den Seiten mit der Nummer neuzehn bemalt.

Der Sergeant griff nach oben und legte einen Schalter über seinem Kopf um. Die Worte FAIL-SAFE-MECHANISMUS AKTIVIEREN erschienen vor ihm auf einem Bildschirm.

»Fail-safe veranlaßt.« Er tippte auf sein Mikrofon und blies einmal hinein. »Sergeant Pinback ruft Bombe.«

Doolittle musterte ihn, aber Pinback ingnorierte das. Er sah nichts Schlimmes darin, heiter zu sein, selbst im Umgang mit einer Bombe.

»Bombe Nummer neunzehn! Hörst du mich, Bombe?«

Sie antwortete mit leiser, entspannter Stimme, ließ sich keinerlei Besorgnis über ihren bevorstehenden Selbstmord anmerken. »Bombe Nummer neunzehn an Sergeant Pinback. Ich höre Sie, Sergeant. Was gibt es?«

»Nun, Bombe, in sechzig Sekunden geht es abwärts. Wollte nur wissen, ob auch alles in Ordnung ist.« Er justierte einige Kontrollen. »Wie fühlst du dich?«

»So gut, wie es zu erwarten ist. Ich freue mich darauf, den Auftrag auszuführen, für den ich bestimmt wurde.«

»Guter Junge, Bombe. Hast du dein Platin-Iridium-Energieschirmgitter und deine Abschirmung überprüft?«

»Gitter- und Abschirmfunktion: positiv«, antwortete die Bombe freundlich.

»Herrlich«, sagte Pinback. »Hör mal zu, Bombe – stimmen wir die Detonationszeit aufeinander ab. Du weißt nicht zufällig, wann du explodieren wirst, oder?«

»Detonation in sechs Minuten und zwanzig Sekunden.«

»Gut, gut; ich möchte es nochmals überprüfen.«

»Sehr gern, Sergeant Pinback.«

Ein paar rote Lämpchen flackerten am hinteren Ende der Bombe auf – das war der einzige Hinweis darauf, daß die träge Konstruktion aus Metall und Kunststoff jetzt zum gefährlichsten Objekt im Umkreis von einhundert Parsek geworden war.

»Nun, dann.« Pinback seufzte. »Es sieht alles gut aus, Bombe. Wir lassen dich in fünfunddreißig Sekunden los. Viel Glück.«

»Danke«, sagte die Bombe. Ihr Zielcomputer hatte sie bereits auf ihre Zielwelt programmiert.

Im Innern des Kontrollraums brach gedämpfte Aktivität aus, als die Männer die letzten Vorbereitungen zu treffen hatten. Boiler und Doolittle lehnten sich schließlich zurück. Pinback griff noch nach einigen Schalthebeln und starrte auf eine Uhr, die über ihm in seine Armaturen eingelassen war.

»Startvorbereitung anlaufen lassen.«

Doolittle legte einen Schalter um – vor ihm begann ein rotes Licht zu flackern.

»Startbereit. Countdown beginnt.«

»Verstanden. Achtung: Zehn, neun, acht, sieben, sechs, fünf, vier, drei, zei, eins.« Beide Schalter wurden simultan gedreht. »Ausklinken.«

Unter dem Schiff blitzte es kurz auf, als die Bombe von

ihrer Startvorrichtung abgeschossen wurde und sich rasend schnell vom Schiff entfernte. Die Startvorrichtung verschwand fast augenblicklich wieder im Schiff.

»Überlichtantrieb angelaufen«, stellte Doolittle fest. »Wir starten, Pinback!«

Der Sergeant betätigte mehrere Knöpfe schnell hintereinander. »Schutzschirm errichtet.« Er legte sich in seinen Sitz zurück und sah seine Umgebung plötzlich wie durch eine feine rötliche Cellophanfolie hindurch. Es kribbelte ihm am ganzen Körper, als wollten seine Glieder einschlafen. Das war eine Nebenwirkung des Schutzschirms, der dafür garantierte, daß er den bevorstehenden kurzen Überlichtflug lebend überstehen würde.

Eine lautlose Sekunde verging, dann verschwand die *Dark Star* aus der Raumregion der instabilen Welt, wurde mit ungeheurer Geschwindigkeit hinweggeschleudert, hin zu einem Punkt, den sie schon vorher aus sicherer Entfernung bestimmt hatten. Hinter ihnen fiel die Bombe lautlos und allein auf die Oberfläche des Planeten hinab.

Obwohl das Energiefeld seine Sicht verzerrte, konnte Talby die Sterne immer noch sehen. Allerdings eilten sie ihm jetzt entgegen, um ihn zu begrüßen. Sie drangen auf ihn ein wie horizontale Regentropfen, umwehten ihn mit ihren Farben.

Es gab eine Theorie, derzufolge es für einen Menschen gefährlich war, sich während eines Überlichtflugs in der Beobachtungskuppel aufzuhalten. Die Abschirmung durch die transparente Kuppel war nur minimal, und man nahm an, daß ein Mensch während des Überlichtflugs einer gefährlichen Strahlungsdosis ausgesetzt war.

Talby hatte diese Theorie jedoch widerlegt, wie so viele

andere. Er hatte achtzehn solcher Flüge überstanden, und sein Körper war so gesund wie immer. Gesünder als der eines jeden anderen an Bord, und das, obwohl er noch keine einzige Minute in den Sporträumen des Schiffs verbracht hatte. Das war auch eine dieser Sachen, die Doolittle nicht verstehen konnte.

Niemand sah es, als die Bombe ihren Zündungspunkt über der Oberfläche des Planeten erreichte. Dazu waren sie bereits zu weit entfernt. Hinter ihnen glühte aber plötzlich ein blendendweißer Stern auf, färbte sich rosa, dann karmesinrot – wie eine gigantische Blüte.

Dann verfiel sie und verschwand. Eine Welt war aus der Galaxis getilgt worden. In ihrem Todeszucken hatte sie eine Anzahl von Asteroidenbrocken und Meteoren geboren. Sie würden ihren Platz finden zwischen den anderen umhertreibenden Trümmern, zwischen den Sternen.

Das Universum kam zu einem abrupten Stillstand. Die *Dark Star* stoppte, der Überlichtantrieb erstarb.

Der rote Schleier des Energieschildes verschwand wieder in seinem elektronischen Käfig. Talby blinzelte.

Rasch überprüfte er seine Instrumente. Sie hatten den Hyperraum sicher verlassen. Alle Navigationsgeräte funktionierten einwandfrei, und sie befanden sich auf ihrem Kurs. Seine Hand glitt auf den Schalter des Interkoms zu – er wollte Doolittle diese Information zukommen lassen, aber wie so oft fing etwas sehr viel Wichtigeres seine Aufmerksamkeit ein.

Ein besonders hübscher purpurfarbener bis roter Nebel lag schräg rechts unten zu ihrem gegenwärtigen Kurs vor ihnen. Sie würden nahe genug daran vorbeikommen, wenn sie ihre bisherige Richtung beibehielten. Er würde genügend Zeit haben, um sich an diesem neuen Wunder zu erfreuen und es zu studieren.

Seine Hand verharrte auf halbem Wege zum Interkomschalter – dann entspannte er sich in seinem Sessel. Als Astronom war es immer noch seine Aufgabe, zu überprüfen, ob die Bombe ihre Aufgabe erfüllt hatte. Aber angenommen, er kümmerte sich nicht darum? Angenommen, er überprüfte es nicht, und die Bombe war gar nicht explodiert? Er konnte sich leicht ausmalen, was geschehen würde.

Irgendwann wurde das soeben verlassene Sonnensystem besiedelt, und eines Tages würde ein Planet, den man bisher für sicher gehalten hatte, in seine Sonne stürzen und eine Nova auslösen, die alle Planeten und mit ihnen Milliarden von Menschen in Flammen aufgehen lassen würde. Und keiner konnte mehr tun, als einen längst verstorbenen Talby kreischend zu verfluchen. Nein, das konnte er nicht tun.

Schließlich würde man die gesamte Besatzung der *Dark Star* dafür verantwortlich machen, und Talby konnte nicht zulassen, daß die anderen einer so schmählichen Zukunft entgegensahen, ganz gleich, wie er persönlich dazu stand.

Er schwang seinen Sitz herum, betätigte einige Knöpfe und tat seine Pflicht – für Doolittle, Pinback, Boiler und Powell, nicht für eine weit eintfernte, abstrakte Menschheit.

Das Okular des Schiffsteleskops glitt in Augenhöhe herunter. Talby beugte sich vor, sah hindurch. Ein schnell zusammenfallender heller Fleck war an der Stelle zu sehen, die sie vor wenigen Minuten verlassen hatten. Er schaltete den Interkom ein. »Lieutenant Doolittle, der Planet ist soeben eliminiert worden. Lieutenant?«

Nun, wenn es Doolittle gleichgültig war . . . Talby schaltete das Gerät ab und sah nachdenklich hinaus zu den Sternen.

Aber es war nicht Doolittles Schuld. Der Interkom, wie so vieles auf der *Dark Star,* funktionierte wieder einmal nicht.

Im Kontrollraum unten ging man davon aus, daß die Bombe ihre Aufgabe erfüllt hatte. Doolittle, Pinback und Boiler räkelten sich in ihren Sesseln.

»Der Computer verspätet sich wieder«, sagte Boiler. »Das Ding macht mir langsam Sorgen, Doolittle. Manchmal glaube ich, daß ich ihn singen höre.«

»Ich weiß, daß es spät ist, Boiler«, antwortete der Lieutenant. »Laß dich davon nicht stören. Es ist so ungefähr das einzige Gerät auf diesem Schiff, das noch halbwegs funktioniert.« Das ständige Summen in den Lautsprechern des Schiffes verstummte, und Doolittle lächelte ein wenig. »Na, das ist er ja schon.«

»Achtung, Achtung«, ertönte eine mechanische, etwas weiblich modulierte Stimme. »Schiffscomputer an Besatzung: Die Überlichtphase ist beendet, und ich bin glücklich, die Zerstörung des Zielplaneten melden zu können. Sie dürfen sich jetzt entspannen und ein wenig ausruhen, meine Herren.«

»Fail-safe desaktivieren«, befahl Doolittle und ignorierte die Stimme. Es war nicht gut, den leicht erotischen Tönen zu lange zu lauschen.

Pinback hantierte an seinen Geräten. »Abgeschaltet.«

»Meinen Glückwunsch zu einem weiteren erfolgreichen Bombeneinsatz, Jungs«, fuhr der Computer fort.

»Danke, Computer«, sagte Doolittle sardonisch. »Sag mal, Liebling, was hast du denn heute nacht vor?«

»Das Schiff zu steuern, Lieutenant Doolittle, wie üblich. Ich muß Sie erneut daran erinnern, Lieutenant, daß dieses geistige Bild, das Sie in Form einer samthäutigen, geschmeidigen, schweratmenden menschlichen Frau von mir haben, weder gesund noch der Steuerung des Schiffes förderlich ist. Ich muß Sie bitten, damit aufzuhören.«

»Ach hör doch selbst auf«, gab Doolittle scharf zurück.

Der Computer antwortete nicht. Er mochte Doolittles Frustration verspürt haben oder die Undurchführbarkeit seines Vorschlags ahnen – vielleicht auch beides.

Diese Gedanken hinterließen in Doolittle einen säuerlichen Nachgeschmack. Er reagierte jedesmal so, wenn sie eine Bombe abgesetzt hatten und vor ihnen wieder die langen Tage des Nichtstuns lagen. Wie das Abklingen der Erregung nach einem Geschlechtsakt, dachte er widerwillig.

Er verspürte das Bedürfnis in sich, rasch wieder einen instabilen Planeten zu finden – und das wurde in letzter Zeit immer schlimmer. Die Zufriedenheit, die Beruhigung, etwas erreicht zu haben, die ihn normalerweise überkamen, wenn sie einen erfolgreichen Einsatz hinter sich hatten, hielten immer kürzer vor – jetzt waren sie bereits wieder fast völlig verschwunden. Er erinnerte sich noch gut an das Vergnügen, eine instabile Welt vernichtet zu haben, sie in Atomen aufgehen zu sehen, das ihn wochenlang in ein Hochgefühl versetzt hatte.

Jetzt war er bereits wieder leer.

»Was nun, Boiler?« hörte er sich fragen. »Was hast du als nächstes für uns?«

»So schnell, Lieutenant?« wunderte sich Pinback. »Wir haben gerade einen Einsatz hinter uns.« Doolittle ignorierte den Sergeanten.

Boiler ging bereits auf Doolittles Laune ein, indem er intensiv an den Ortungsgeräten arbeitete. »Hier gibt es nicht viel, Lieutenant. In diesem Sektor sehe ich überhaupt keine Möglichkeiten.«

»Nun, dann such mir eben etwas«, befahl Doolittle nervös. »Es ist mir gleich, wo. Etwas Interessantes, irgendwas . . . wir haben nur noch eine lausige Bombe übrig, dann können wir . . . nach Hause, denke ich.«

»Etwas Interessantes«, echote Boiler. »Okay«, Er holte Tabellen und Karten unter seinem Tisch hervor.

»Ja – wir sind in der Nähe des Pferdekopf-Nebels, und uns liegen Berichte vor, nach denen eine fünfundneunzigprozentige Wahrscheinlichkeit besteht, im südlichen Quadranten des Nebels intelligente Lebensformen zu finden. Fernortungen haben mindestens zwei solähnliche Sterne ergeben, die Störungen in ihren Bahnen zeigen, was auf Planeten hinweist, die sich innerhalb der sogenannten *Lebens-Zone* um die Sonne bewegen.«

»Hör mit diesem Unsinn auf!« klagte Doolittle. »Intelligentes Leben – ein Scheißdreck ist das. Du solltest inzwischen wissen, Boiler, daß es in diesem Universum kein intelligentes Leben gibt! Absolut keines.«

Einschließlich unserer selbst, fügte er für sich hinzu. Seit Jahren machten sie diese Erfahrung, wenn Vorhersage auf Vorhersage sich in Nichts auflöste. Auf Dutzenden Welten hätte sich Leben entwickeln müssen, aber sie hatten nichts weiter als niedere Formen von Pflanzen und Tieren gefunden – die höchste davon war Pinbacks Haustier, ihr Maskottchen »Wasserball« –, eine armselige Antwort auf ihre verzweifelten Hoffnungen, intelligentes Leben zu finden.

Nein, sie waren allein – allein in einer sie verspottenden Unendlichkeit. Nur Talby schien nicht allein zu sein.

»Ich weiß, es ist ein hochgestecktes Ziel«, antwortete Bioler ruhig, »aber . . .« Aufmerksam beobachtete er den Lieutenant, doch sein vorsichtiger Optimismus zeigte bei Doolittle keine Wirkung.

»Das ist vergebliche Mühe«, antwortete der Lieutenant schließlich. Er grinste ein wenig. »Erinnert ihr euch daran, als Kommandant Powell mit neunundneunzigprozentiger Wahrscheinlichkeit davon ausging, daß wir in einem System nahe der Magellanschen Wolke intelligentes Leben finden würden?«

Der Korporal schüttelte den Kopf. »Aber diesmal besteht die Möglichkeit; nach unseren Messungen . . .« Doolittle ignorierte ihn und hing weiter seiner Erinnerung nach.

»Erinnerst du dich, was wir da fanden, Boiler, ja? War es eine Rasse riesiger Humanoiden, die uns als Mitglieder der Galaktischen Zivilisation willkommen hieß? Oder war es ein Planet der stillen Denker, die auf neue, vitale Menschen warteten, um vor uns alle Geheimnisse des Universums auszubreiten? Oder gar eine Rasse intelligenter Insekten? Nein . . . nichts für die Liebe, keine Freunde, nichts, was jemals auf eine bewußte Stufe der Entwicklung gehoben werden konnte. Einen Witz fanden wir – eine verdammt hirnlose Vegetation, lauter weiche Kürbisse.« Seine Stimme wurde lauter, und Pinback und Boiler beobachteten ihn aufmerksam.

»Vierzehn verdammte Lichtjahre für ein Gemüse, das quakte und stank, wenn man es berührte! Erinnerst du dich?«

»Ich erinnere mich, ich erinnere mich, ja«, gestand Boiler und versuchte, seinen Kameraden zu beruhigen.

Doolittle war bewußt, daß er wieder einmal kurz davor war, über die Grenze zu gehen. Er konnte die anderen nicht ansehen.

»Hört mir also mit diesem Thema auf. Sucht etwas, was ich in die Luft jagen kann.«

Wieder einmal herrschte eine etwas gedrückte Stille im Kontrollraum der *Dark Star*. Jeder Mann kümmerte sich um seinen Arbeitsbereich, seine Geräte, die den Vorteil besaßen, nicht zu schreien, zu streiten oder gar zurückzuschlagen.

Sie rasten weiter durch das Schweigen – schneller, als jemals zuvor ein Mensch geflogen war. Die *Dark Star* war das erste Schiff seiner Art, es hatte keine Vorgänger gegeben, ja, sie war selbst ein Experimentalschiff. Ein Raumschiff dieser Art nur für Experimentierzwecke wäre zu teuer geworden, also hatte man es gleich – auf der Basis aller bekannten Daten über das Weltall gebaut – auf die Reise geschickt.

Eine Serie lauter Piepser ertönte in Pinbacks Abteilung.

Er blinzelte, beugte sich vor. Eine Hebeldrehung ließ das Geräusch verstummen.

»He«, sagte er, während er die Anzeigen studierte. »Ein neuer Stern.«

Pinback sah zu Boiler und Doolittle – keiner von beiden reagierte. »He, denkt doch nur«, sagte er laut. »Ich habe einen neuen Stern geortet.«

Doolittle hatte ein abgenutztes Kartenspiel hervorgeholt – er spielte Patience. Doolittle war in diesem Spiel sehr gut und verlor niemals, weil er dabei betrog.

»Welcher Art?« fragte er, ohne aufzusehen.

Pinback prüfte erneut seine Instrumente. »Roter Zwerg; er ist uns völlig unbekannt, Sir – nicht einmal in den ›Wahrscheinlichkeits‹-Tabellen enthalten, soweit ich sehe.«

Er war wieder formal geworden und sprach Doolittle mit »Sir« an, wie die Männer es oft taten, wenn sie dienstlich miteinander umgingen.

Doolittle legte eine schwarze Dame auf einen roten König, dann einen schwarzen Buben auf die Dame. »Planeten?«

»Um einen Roten Zwerg? Selbst wenn die Möglichkeit bestände, daß sie bewohnbar sind . . .«

»Ich fragte, ob Planeten vorhanden sind, Sergeant.«

»Oh, verstanden.« Pinback prüfte seine Anzeigen. »Donnerwetter, ja – es werden acht Stück für möglich gehalten. Wer hätte das gedacht!«

»Sind positive darunter?«

»Nun«, meinte Pinback, »das ist auf diese Entfernung schwer zu sagen. Mann, wäre das nicht etwas? Um einen Roten Zwerg?«

»Ich meinte, ob instabile dabei sind«, berichtigte Doolittle ihn und legte ein As auf.

»Oh«, ließ Pinback sich enttäuscht vernehmen. »Nein, es sind alle stabil«, sagte er dann.

Doolittle grunzte nur.

»Soll das bedeuten, daß wir sie nicht einmal überprüfen?« Keine Antwort. »Jesus, Lieutenant, ein Roter Zwerg mit acht möglichen Planeten – ich meine, wir sollten zumindest eine äquatoriale Untersuchung anstellen.«

»Ist nicht unsere Aufgabe«, sagte Doolittle ruhig.

»Aber könnten wir nicht in diesem Fall eine klitzekleine Ausnahme machen?«

»Nein.« Schwarze Zehn auf roten Buben.

Für eine Weile herrschte Ruhe im Kontrollraum, die nur von den leisen Geräuschen unterbrochen wurde, die beim Kartenlegen entstanden. Pinback starrte zu Doolittle, bis er sicher war, daß der Lieutenant zu dem Thema ansprechbar war.

»Äh, wie werden wir ihn nennen?«

Doolittle zögerte, sprach dann, ohne aufzusehen. »Was?«

»Äh, ich meine . . . den Stern«, fuhr Pinback fort. »Wie werden wir ihn nennen?«

»Wen interessiert das?« antwortete Doolittle verstört. »Ich bin beschäftigt, Pinback . . . stör mich nicht, ja?«

»Aber es ist ein ganz neuer Sten, Lieutenant, mit Planeten, acht an der Zahl. Nur eine Handvoll Menschen konnte je einem Fluß, einem Berg oder einem See einen Namen geben, noch weniger hatten das Glück, eine Formation auf dem Mond oder Mars zu benennen –

wir können ein ganzes Sonnensystem taufen, Lieutenant.«

Doolittle hatte nur einen kurzen Blick für ihn übrig. »Hören Sie, Pinback – stören Sie mich nicht. Das Spiel ist fast geschafft. Lassen Sie mich in Ruhe, ja?«

»Kommandant Powell hätte ihm einen Namen gegeben«, spielte Pinback sein letztes Argument aus.

»Kommandant Powell ist tot«, erinnerte Doolittle ihn zum tausendsten Mal und legte eine Zwei auf ein As.

»Nun, dann . . .« Pinback strahlte plötzlich. »Das ist es: ›Stör mich nicht.‹ Wir werden es ›Stör mich nicht‹ nennen Er kramte unter seinem Kontrollbord nach seinem halboffiziellen Logbuch, das er führte, seit Doolittle praktisch aufgehört hatte, das vom Computer gedruckte Logbuch zu führen. Der Bleistift, der an das Buch geheftet war, war bis auf einen Stummel heruntergeschrieben, und Pinback hatte Mühe, ordentlich damit zu schreiben.

»Na also«, sagte er, nachdem er eine Stunde lang intensiv gekritzelt hatte. »Alles hübsch und amtlich, mit Koordinaten und so. ›Stör mich nicht . . .‹ acht Planeten.« Er schloß mit einer Floskel. »Herzlichen Glückwunsch, Lieutenant.«

»Danke, Sergeant. Wenn da tatsächlich irgendwelche intelligenten Wesen leben, werden sie es dir vielleicht eines Tages danken. Ich weiß, daß ich nicht gern von jemandem wie mir besucht werden würde.«

»Ich . . . ich versteh nicht, wie das gemeint ist, Sir . . .«

Boiler unterbrach ihn. »He, Doolittle, ich hab' da was. Fefinitiv instabil; fünfundachtzig Prozent Wahrscheinlichkeit, daß sich in dem Sonnensystem P-Eins-Dreißig-Acht ein instabiler Planet befindet. Wahrscheinlichkeit für bewohnbare Planeten in dem System: sechsundneunzig Prozent. Die instabile Welt wird irgendwann in ihre Sonne stürzen.« Er sah von seinen Kontrollen auf. »Willst du ihn hochjagen?«

Die Informationen schienen Doolittle zu erfreuen. Er lächelte breit. »Sehr gut, Boiler, sehr gute Arbeit. Genau das habe ich gesucht. Arbeite einen Kurs aus, so schnell du kannst.«

In Gedanken sang er schon: noch ein Planet, noch eine Bombe, dann ging es nach Haus, nach Haus . . . zurück auf die warme Erde, zurück zu richtigem Gras und echtem Schnaps und Angehörigen des anderen Geschlechts – zurück dorthin, wo sie hingehörten . . .

Boiler arbeitete fieberhaft an seinen Geräten. »He, wirf mir die Tabellen herüber.«

Pinback griff unter seine Konsole, holte den dicken, gebundenen Sternenkatalog hervor und warf ihn Boiler auf den Schoß.

Boiler warf ihm einen glühenden Blick zu und hielt das Buch eine Sekunde reglos fest. Sich der plötzlich geladenen Atmosphäre in dem Kontrollraum bewußt, sah Doolittle zu den beiden Männern. Selbst Pinback, wurde ihm klar, konnte nur bis zu einem gewissen Punkt getrieben werden. Dann öffnete Boiler das Buch und blätterte darin. Doolittle entspannte sich. Was Pinback tun würde, wenn man ihn über jenen Punkt hinaustrieb, konnte er nur vermuten. Wahrscheinlich stellte er sich in eine Ecke und weinte, aber so was wußte man vorher nie. Manchmal hatte er den Verdacht, daß Sergeant Pinback unerforschte Tiefen besaß. Doolittle verbrachte dieselbe Zeit, die er zur Führung des Schiffes brauchte, damit, ihn und Boiler auseinanderzuhalten.

»Stell uns etwas Musik an«, sagte er vorsichtig zu Boiler.

»Aber gern.« Boiler, der keine Spuren neuerlichen Ärgers zeigte, griff über sich in die Kontrollen. Tonfolgen des Liedes »Benson, Arizona«, schwebten im gleichen Moment durch den Kontrollraum.

Doolittle entspannte sich. Er liebte und haßte dieses Lied zugleich. Liebte es, weil es ihm schöne Erinnerungen brachte, haßte es, weil er diese Dinge nicht länger hatte.

Pinback sprach ihn Sekunden später an – wieder ganz der unangenehm lustige Typ von früher. Pinback brauchte nicht lange, um aus seinem jeweiligen Tief herauszukommen, und Doolittle hielt ihn für generell unfähig, überhaupt über irgend etwas richtig wütend zu werden.

»He, glauben Sie nicht, Lieutenant, daß es Zeit wäre, wieder eine Eintragung ins Logbuch zu machen? Ich meine, die Aufzeichnungen müßten auf den neuesten Stand gebracht werden, der neue Stern vermerkt werden, unsere kleinen Probleme und all das eingeschrieben werden.«

Doolittle drehte drei Karten um, saß plötzlich mit dem letzten Buben am Ende fest. Er tauschte den Buben mit der obersten Karte, dann legte er ihn auf eine Dame und spielte die beiden letzten Karten und damit das Spiel zu Ende. Es waren jetzt 342 gewonnene Spiele hintereinander – diese Strähne wollte er auf keinen Fall unterbrechen.

»Sie haben lange nichts mehr eingetragen, Lieutenant«, fuhr Pinback fort. »Eines Tages wird das alles Geschichte sein. Kinder werden es staunend studieren, und ihre Großeltern werden sagen: ›Ich erinnere mich, als die *Dark Star* dieses oder jenes getan hat.‹ Die Leute zu Hause werden . . .«

»Die Leute zu Hause«, hub Doolittle verärgert an, »kümmern sich einen Dreck . . .!«

Er hielt inne. Es war unmöglich, auf Pinback wütend zu werden. Der Sergeant war ein schrecklicher Zuhörer. Er würde absolut nichts tun oder etwas zurückbrüllen. Nein, Pinback würde entweder in beleidigtem Trübsinn versinken oder einen Witz über wirklich ernstgemeinten Ärger machen.

Doolittle konnte sich an Boiler abreagieren, aber Boiler würde nur dasitzen und ihn völlig ingnorieren – Pinback reagierte wenigstens. Er konnte sich an Talby wenden, mit ihm sprechen, ihn anschreien oder sich bei ihm beklagen, aber irgend etwas hinterte ihn daran, die endlosen Betrachtungen des Astronomen zu stören.

Aber warum sollte er Pinback eigentlich nicht mal glücklich machen? Schließlich hatte er sich früher einmal vorgenommen, die Pflichten eines Kommandanten mit besten Kräften zu erfüllen, stets alles zu geben und so weiter, etc. pp.

Doolittle griff nach oben und schaltete den Bildschirm ein. Als das BEREIT-Zeichen erschien, sprach er in Richtung des Mikrofons. »Schiffstagebuch-Eintragung Nummer eintausendneunhundertdreiundvierzig, Bericht von Lieutenant Doolittle, amtierender Kommandant der *Dark Star*.

Unser Schiff durchquert gegenwärtig den Sektor Theta Neun-Neunzig mit mehrfacher Lichtgeschwindigkeit in Richtung auf den Schleiernebel, um einen instabilen Planeten zu zerstören. Die Flugzeit wird vermutlich siebzehn Stunden betragen. Unsere Fähigkeit, instabile Planeten in Systemen mit bewohnbaren Welten ausfindig zu machen, scheint sich merklich durch die bisherige Praxis verbessert zu haben. Es sieht so aus, als meldeten sich diese Welten auf Wunsch bei uns. Ich kann nur vermuten, daß unsere bessere Effektivität auf größere Umsicht und Vertrautheit mit den Instrumenten zurückzuführen ist. Auf jeden Fall sieht es so aus, daß wir früher als erwartet zurückkehren können, hm, und wir . . .« Er zögerte. Da war noch etwas gewesen, aber was nur . . . oh, ja. »Die Systeme innerhalb des Schiffes fallen weiter nach und nach aus. Wir beheben das Mögliche, aber die Zahl der Fehlfunktionen vervielfacht sich, und es wird zunehmend schwerer für uns, mit abnehmenden Vorräten zu improvisieren.«

Pinback lehnte sich herüber und flüsterte ihm etwas zu.

Doolittle nickte. »Oh, ja – der Kurzschluß im hinteren Teil von Kommandant Powells Sitz, der ihn getötet hat, ist immer noch nicht behoben. Nach gründlichem Abwägen und genauer Analyse der Situation habe ich ausdrückliche Anweisung erteilt, daß niemand sich in diesen Sitz setzen darf, andernfalls er ernstlich getadelt wird.«

Pinback lehnte sich erneut herüber und flüsterte etwas – diesmal schien es noch wichtiger zu sein.

»Oh. Und weil er gleich neben Kommandant Powells

Sitz sitzt, fühlt Pinback sich ständig durch die defekte Elektronik gestört. Er ist von der irrationalen Furcht besessen, daß der hintere Teil seines Kontrollbereichs als nächster defekt werden wird.

Ich habe Sergeant Pinback mehrmals darauf hingewiesen, daß diese Furcht unbegründet und dumm ist, aber er bringt mich immer wieder darauf.« Dann fiel ihm wieder ein, was er anfangs schon hatte sagen wollen. »Ah, ja – Lagerraum neun, Untersektion B, hat sich letzte Woche aufgrund eines Schadens in der elektrischen Anlage selbst vernichtet und dadurch den gesamten Vorrat an Toilettenpapier zerstört. Ich würde daher die Leute unten in McMurdo bitten, daß man uns umgehend mit diesem wichtigen Artikel beliefert. Aber ich fürchte, wie da unten die Logistik nun mal ist, daß sie uns das Toilettenpapier statt der dringend benötigten Strahlenschutzteile schicken würden.

Da beide Artikel in ihrer Funktion nicht austauschbar sind, ziehe ich ersteren Wunsch zugunsten des letzteren zurück, obwohl –« ersah zu Pinback, »mancher an Bord ist, der meint, daß auf lange Sicht das Toilettenpapier der wichtigere Artikel von den beiden ist.«

Er starrte hinauf in den Bildschirm. »Und falls jemand, der das einmal lesen sollte, unsere gegenwärtige Lage lustig findet, so kann ich nur hoffen, daß er sich irgendwann einmal in der gleichen Situation befindet, wo er eine Strahlenabschirmung Toilettenpapier vorziehen muß. Ich denke, das ist alles.«

Er griff nach oben und schaltete das Gerät ab, sehr mit sich zufrieden. Es war eine gute Logbucheintragung geworden, die das Wichtigste enthielt. Sie würde ihm in seiner Karriere nicht weiterhelfen, aber es war ernüchternd, daran zu denken, daß sie vielleicht eines Tages den Milliarden Erdbewohnern gezeigt würde. Die Musik begann, ihn durch ihre Vertrautheit zu stören, vom Klang her und dem, was sie in ihm hervorrief. Er drehte sich um und musterte den schweigenden Korporal. »Stell etwas anderes an, Boiler, etwas weniger Vieldeutiges, etwas . . . Abstrakteres.«

Boiler murmelte etwas Unverständliches und drehte einen Knopf. Im gleichen Moment dröhnten elektrische Gitarren und Trompeten sowie der Rest eines Orchesters auf und füllten die kleine Kabine.

Pinback und Boiler bewegten sich in ihren Sitzen, zuckten zum Rhythmus der Musik, schnippten mit den Fingern.

Doolittle wollte sich ihnen anschließen, das Trio vervollständigen, aber sosehr er sich dazu zwang, es kam nur ein leichtes Kopfnicken dabei heraus. Innerlich wunderte er sich, daß er überhaupt auf diese Musik so reagieren konnte.

Über den noch offenen Interkom gelangte die Musik zu Talby. Er runzelte die Stirn, bis er endlich die Quelle der Störung gefunden hatte, und drehte sie ab. Allerdings wäre es von seiner Aufgabe her falsch und teils gefährlich gewesen, den Interkom ganz abzuschalten. Er hörte die Musik sowieso kaum.

II

Sie setzten ihren Weg durch das All fort – die Maschinen der *Dark Star* verschluckten die Lichtjahre, jeder der Männer war mit seinen Gedanken beschäftigt. Daher überwachte niemand die Ortungsgeräte, und keiner sah das Ding, das vor ihnen erschien.

Talby konzentrierte sich auf Sterne hinter ihnen, seine drei Kameraden ließen sich von der Musik einfangen und berauschen. So sah niemand den anfangs schwachen, immer noch unglaublich weit entfernten hellen Fleck genau vor dem Schiff auftauchen. Sie sahen nicht die Energieblitze, die in einer Wolke ungleicher Bruchstücke zwischen diesen Stücken hin und her huschten – Trümmer einer längst toten Welt in einem längst vergessenen System, vielleicht einem System, das nie in dieser Galaxis zu Hause gewesen war.

Ein Teil dieser Bruchstücke war positiv, ein anderer negativ aufgeladen, wieder andere waren neutral. Einige trugen elektrische Ladungen in sich, die jeden Energieingenieur hysterisch gemacht hätten. Gigantische Entladungen strahlend leuchtender Energie umspielten die festen Bestandteile dieses Wirbels.

Das fünfte Mitglied der *Dark-Star*-Besatzung, immun gleichermaßen gegen astrophysikalische Tagträume und elektrischen Rock, entdeckte schließlich die sich schnell nähernde Gefahr und schaltete die Musik im Kontrollraum ab.

»Achtung, Achtung, Schiffscomputer an alle. Ich bin

gebeten worden, die erholsame Musik abzustellen. Schiffscomputer an alle: Dies ist ein übergesetzlicher Notstand. Alle Systeme haben auf Notanordnungen zu warten. Informationen zum weiteren Vorgehen folgen.«

»Was, zum Teufel . . .?« murmelte Doolittle.

Pinback musterte ihn mit großen Augen. Boiler saß einfach da und brummelte vor sich hin. »Wehe, das ist nicht wichtig genug, mich in der Musik zu stören.«

»Eine extrasolare Kombination aus fester Materie unbekannter Masse nähert sich uns in Punkt Neun-Fünf auf Kollisionskurs. Ortungsergebnisse deuten darauf hin, daß der Materieanteil relativ dicht ist, trotzdem aber zu weit verstreut, um ihm auszuweichen, ohne anhaltende Schäden an allen nichtorganischen Körpern an Bod zu vermeiden.«

»Warum kannst du es nicht einen Asteroidenschwarm nennen, worum ich dich bat?« beklagte sich Doolittle.

»Aus dem gleichen Grund«, schoß der Computer zurück, »wie ich von Ihnen nicht als dem Großadmiral der Seeflotte Ihrer Kaiserlichen Majestät der Erde sprechen kann, Lieutenant. Beide Bezeichnungen sind unwissenschaftlich; ungenaue Beschreibungen, die Sie sich ausgedacht haben, während Sie unter dem Einfluß von literarischem Stoff für Kinder waren, und . . .«

»Du sollst es einen Asteroidenschwarm nennen«, sagte Doolittle drohend.

»Gut, ich trage Ihrem derzeitigen geistigen Zustand Rechnung. Der . . . Asteroidenschwarm . . .«

»Schon besser«, grinste Doolittel zufrieden.

». . . nähert sich dem Schiff auf Kollisionskurs.«

»Das hat nichts zu bedeuten«, sagte Doolittle zu den

anderen. »Wir schlüpfen durch den dicksten Schwarm, ohne etwas zu berühren, das größer als ein Pflasterstein ist, und mit größeren Brocken wird unser Energieschirm leicht fertig.«

»Sehr richtig, Lieutenant«, fuhr der Computer trocken fort. »Normalerweise würde ich Sie damit nicht belästigen, aber dieser spezielle Schwarm scheint von einem Energiewirbel zusammengehalten zu werden, der jenem ähnelt, durch den wir vor zwei Jahren geflogen sind. War das deutlich genug beschrieben, Lieutenant Doolittle?«

Doolittle hatte der Schock die Sprache verschlagen, Pinback und Boiler gleichermaßen. Sie erinnerten sich gut an die erste Begegnung dieser Art und was das für Fogen gehabt hatte.

»Und wie Sie sich erinnern werden, hat der erste Schwarm dieser Art meine Abwehrelektronik und damit den äußeren, ersten Schutzschirm zerstört. Sie haben jetzt noch genau . . . fünfunddreißig Sekunden Zeit, manuell alle Abwehrsysteme des Schiffes zu aktivieren. Ich würde etwas Beeilung in dieser Sache empfehlen, meine Herren, denn Sie haben jetzt nur noch . . .«

Die Zeit – oder besser: die fehlende Zeit – trieben Doolittle schließlich an. Pinback und Boiler erwachten nur Bruchteile von Sekunden später aus ihrer Erstarrung.

Befehle und ihre Bestätigung dröhnten durch den Raum – wie immer in solchen Situationen funktionierte die Besatzung der *Dark Star* wie ein Mann. Die *Dark Star* wurde von einer bläßlich-roten Aura umhüllt, als die Abwehrschirme zu voller Stärke ausgefahren worden waren. »Abwehrsysteme stabil«, schrie Pinback, während der Chronometer die letzten Sekunden tickend wegfraß. Doolittle nahm sich eine Sekunde Zeit, den Mann zu bewundern. Eines Tages würde er einen guten Offizier abgeben, falls . . . falls . . .

Es schien Doolittle, als wäre da noch ein wichtiger, kritischer Punkt, warum Pinback niemals imstande sein würde, einen guten Offizier abzugeben. Es hatte nichts mit seinen Fähigkeiten zu tun, es war etwas Grundsätzlicheres. Im Augenblick fiel es ihm nur nicht ein, aber . . .

In diesem Moment wurde der persönliche Schutzschirm jedes Besatzungsmitglieds aufgebaut, und wieder schien sein Körper einschlafen zu wollen.

Sollte dieser Schwarm so gefährlich sein wie der letzte, so bestand natürlich die Möglichkeit, daß das Schiff ihn nicht in einem Stück passierte. In diesem Fall würden die drei Männer in ihren Energiefeldern gefangen bleiben, bis die Generatoren entweder versagten oder zerstört wurden. Blieben die Maschinen intakt, würden sie auf immer in ihren Energiefeldern gefangen bleiben, unfähig, sich zu bewegen, langsam alternd, unfähig, die beschädigte Elektronik zu reparieren.

Jetzt war der Wirbel auf dem Bildschirm für das nackte Auge sichtbar – nichts von seinem festen Material natürlich, sondern nur die schillernden Energiefelder. Hin und wieder stieß die *Dark Star* schon auf Gesteinsbrokken, die aber von den Energieschirmen mühelos beiseite geschoben wurden. Die Gefahr ging eher von den Milliarden Volt der freien Energie aus, die unberechenbar durch das All zuckten. Doolittle blinzelte jedesmal, wenn der Energieschirm des Schiffes aufflackerte.

Nicht jeder betrachtete den herannahenden Schwarm mit Schrecken. Talby – oben in seiner Kuppel – war verzückt. Das irisierende Wabern war überwältigend schön. Blendende Energieentladungen zerstoben vor seinen Augen in immer neuen Farben und Formen, wie ein Kaleidoskop.

Er drehte seinen Sitz um einhundertachtzig Grad, so daß der Sturm genau auf ihn zukam und an ihm vorbeiraste. Alles schien verlangsamt vor sich zu gehen – ein Effekt des persönlichen Schutzschirmes, der die Lebensfunktionen des Körpers auf ein Minimum zum Überleben reduzierte.

Bei normaler Wahrnehmung wären die Eruptionen und Farben fast unkenntlich vorbeigehuscht – jetzt konnte auch ein langsames Menschenhirn sie wahrnehmen und auskosten.

Wunderbar, herrlich, unvergleichlich – der Astronom war von der Herrlichkeit wie betrunken. Daß genau dieselbe das Schiff und ihn im nächsten Moment zerreißen konnte, störte ihn nicht eine Sekunde.

Die Belastung der Schirme war ungeheuer, aber sie hielten, hielten, bis die *Dark Star* sicher hindurch war – fast.

Ein riesiger, extrem aufgeladener Brocken kam in ihre Nähe, als sie durch die Reste des Schwarms flogen. Die *Dark Star* war der nächste Körper vergleichbarer Masse, und der Lichtbogen, der die Distanz zwischen Schiff und Materie überbrückte, war von gewaltigen Ausmaßen.

Er durchdrang den Abwehrschirm des Schiffes und traf es, beinahe liebevoll berührend, am untersten Punkt, genau unter einer Notschleuse. Obwohl die unermüdlichen Abwehrschirme die meiste Energie absorbierten, hatte das Ereignisse zur Folge, die nicht normal waren.

Eine winzige Energiemenge drang durch die äußeren, dann die inneren Wände des Schiffes und erreichte einen ganz bestimmten Stromkreis – einen sehr lebendigen Stromkreis. Mehrere Kontrollmechanismen des Schiffes wurden aktiviert, und auf dem Zentralbildschirm des Kontrollraums erschienen die unerwarteten Worte:

BOMBENSCHACHT AKTIVIERT.

Während die letzten Ausläufer des Schwarms das Schiff passierten, glitt die riesige Tür im Bauch des Schiffes auf, und ein rechteckiges Objekt glitt langsam heraus. In großen Zeichen war eine 20 auf seine Seiten gemalt.

Im Computer selbst wurden einige Verbindungen überprüft, die Ursache der Fehlfunktion erkannt. Schnell kam das Elektronengehirn zu dem Schluß, daß etwas geschehen war, das nicht geschehen durfte.

»Computer an Bombe Nummer zwanzig«, sagte die Maschine in der Sprache der Menschen, da es so unmöglich war, Nummern mißzuverstehen. »Kehre sofort in den Bombenschacht zurück.«

Nach kurzer Pause widersprach die Bombe freundlich. »Aber ich habe doch das Einsatzsignal bekommen. Es kam durch die normalen Kanäle und wurde entsprechend ausgeführt.«

Da er mit dieser Wiederrede nicht gerechnet hatte, blieb der Zentralcomputer eine Sekunde lang stumm. Dann:

»Das Signal hast du aufgrund einer Fehlfunktion des Aktivierungsmechanismus erhalten. Dies ist kein Bombeneinsatz. Lösche sofort alle Landeprogramme.« Der

Computer bemühte sich, seiner Stimme einen festen Unterton zu geben.

»Trotzdem habe ich das Signal zur Vorbereitung eines Einsatzes erhalten und werde fortfahren . . .«

»Übergesetzlicher Notstand«, kam das ultimative Kommando des Computers. »Kehre in den Schacht zurück.«

»Nun gut«, antwortete Bombe Nummer zwanzig. Gehorsam schwebte sie wieder ins Schiff zurück, der Schacht schloß sich wieder. Inzwischen hatten sie den Sturm sicher hinter sich.

Der Schutzschild des Schiffes verschwand, und schnell wandte Talby sich um, um der Ansammlung farbiger Energie nachzusehen, die sich von ihnen entfernte. In Gedanken rief er ihr ein Auf Wiedersehen nach. Schließlich schien ihm der Schwarm – gefährlich oder nicht – sehr lebendig gewesen zu sein. Vielleicht handelte es sich dabei um eine seltsame Lebensform, die nur auf sich selbst bezogen war, unfähig, jemals mit einem anderen Geschöpf – außer von ihrer Art – Kontakt aufnehmen zu können. Talby wandte sich wieder um, widmete sich den Sternen vor dem Schiff.

Auch im Kontrollraum waren die Personen-Schutzschirme zusammengebrochen; Doolittle, Pinback und Boiler sanken schwer in ihre Sitze und ließen die Anspannung langsam ausklingen.

Pinback zwang sich zu einem Grinsen, während er seinen Schutzhelm abnahm. »Nun, wir haben es wieder geschafft.«

»Ja«, stimmte Doolittle zu. »Ich frage mich, warum. In diesem Wirbel war genug Energie, um dieses Blechdreieck zu Schlacke zu zerschmelzen. Ich hätte nicht gedacht, daß fast alles an Bord noch so funktioniert.« Er bemerkte ein rotes Licht, das beständig von seiner Konsole herüberblinkte.

»Und vielleicht ist das auch gar nicht der Fall.« Als Antwort auf Pinbacks neugierigen Blick deutete er mit dem Kopf auf die Anzeige.

»Was gibt es, Computer?« Dann, lauter: »Na los – wir sind aus der Stasis heraus und ausgeruht.«

»Achtung, Achtung«, begann die Maschine und ignorierte die Tatsache, daß Pinback und Boiler jedem Wort entgegenfieberten. »Schiffscomputer an Brücke – gegen Ende des Durchflugs durch den Schwarm geschah eine Fehlfunktion an Bord des Schiffes.«

»Gut, Computer – welcher Art?«

»Überprüfung läuft noch.«

Während Doolittle auf das Ergebnis wartete, kam plötzlich Rauch aus einem Loch in der Wand zur Notschleuse.

Überflüssig zu sagen, daß weder das Loch noch der Rauch normaler Bestandteil der stummen Notschleuse war. Der Rauch kam hinter einem Panel hervor, das eine kleine Kammer verdeckte. In der Kammer befand sich ein Laser, der jetzt gelegentlich aufblitzte, obwohl er dafür nicht programmiert war. Es handelte sich um einen besonders wichtigen Laser – er bildete das Zentrum der Fehlfunktion. Aber dem Grund für letzteres kam der Computer nicht auf die Spur, da durch den übermächtigen Energieblitz seine Verbindung zu dem Laser durchgeschmort war. »Ich habe die Natur des Problems noch nicht identifiziert« – mehr sagte die Maschine Doolittle nicht. »Soll ich mich mit Ihnen in Verbindung setzen, wenn ich weiß, worin diese Fehlfunktion besteht?«

»Ja«, antwortete ein bisher schweigsamer Boiler. »Tu das – aber halt in der Zwischenzeit den Mund, ja?« Der Computer antwortete nicht, verstummte aber.

Boiler war aufgestanden, hatte sich losgeschnallt. Doolittle stand auch schon, Pinback bemühte sich, aufzuholen.

»Ich weiß nicht, wie es euch geht, aber ich muß für eine Weile etwas anderes sehen als diese verdammten Kontrollen. Verschwinden wir hier.«

»Ich könnte auch etwas Ruhe gebrauchen«, fügte Boiler hinzu. »Gut, daß wir nicht geschlafen haben, als der Schwarm uns traf.« Sie gingen jetzt durchs Schiff hinunter zu einem der umgewandelten Lagerräume – dem, den sie für ihre eigenen Zwecke umgebaut hatten.

Boiler war in einer ungewöhnlich redseligen Stimmung. »Ich erinnere mich, als wir unseren ersten Energieschwarm durchflogen. Ich war unten im ›A‹-Lebensmittellager, um mir einen Sandwich zu holen, als ich hörte, wie die Schlafquartiere hochgingen.«

»Ja, ich auch«, sagt Pinback. »Junge, wer hätte gedacht, daß ein wenig entweichende Luft solchen Aufruhr verursachen kann.« Doolittle sah den Mann müde an, aber der Sergeant fuhr enthusiastisch fort:

»Leute, ihr wißt doch auch, daß wir, wenn wir nur ein wenig Arbeit investieren, die Schlafquartiere wieder so herrichten könnten, wie sie früher waren. Dann könnten wir wieder in richtigen pneumatischen Kojen schlafen. He, Jungs«, sagte er bittend, »warum reparieren wir die Schlafquartiere nicht, um endlich anständige Schlafstellen zu haben? He? Warum tun wir's nicht? Das wäre doch nicht schwer.

Wir brauchten doch nur das Loch im Schiff zu stopfen und etwas Luft in die Räume zu pumpen. Das meiste könnte von innen erledigt werden. Los, Jungs . . .«

»Sei still, Pinback«, murmelte Doolittle. Dann fiel ihm wieder ein, worauf er Boiler ansprechen wollte.

»Wie meintest du das eben – das mit dem Sandwich? Richtiges Essen war auf diesem Schiff nie vorgesehen. Alles, was wir mitbekommen haben, waren Nährflüssigkeiten und Trockennahrung, keine richtigen Speisen. Du konntest doch nicht aus Konzentraten einen Sandwich machen. Woher wolltest du das Zeug holen?«

Boiler sah ein wenig entschuldigend zu den anderen beiden, während sie an einer Tür mit der Aufschrift LEBENSMITTELLAGER Nr. 2 vorbeigingen. Seine Stimme klang ungewöhnlich abwehrend.

»Nun, ihr erinnert euch, daß jeder von uns vier Kisten persönliche Dinge mit auf die Reise nehmen durfte?«

»Ja – und?« drängte Doolittle.

Boiler zögerte ein wenig, fragte dann: »Du erinnerst dich an die beiden mit der Aufschrift BÜCHER? Sie sollten voller astrophysikalischer Handbücher und solcher Sachen sein, die ich während der Reise studieren wollte.«

Doolittle nickte – er fing an, zu begreifen. Allerdings hätte er dem einfachen, phantasiearmen Boiler nie solche Tricks zugetraut. Offenbar die Inspektoren auch nicht, die die Kisten kontrolliert und genehmigt hatten.

»In der Nacht, bevor wir von der Erd-Orbitalstation

zum Schiff hinüberflogen«, fuhr der Korporal fort, »warf ich sie alle aus der Müllschleuse der Station.«

»Die Kisten waren also voll mit Brot«, vermutete Doolittle. »Und mit was noch?«

Boiler nickte traurig. »Außerdem noch Erdnußbutter und Gelee . . . alle Sorten Gelee. Auch Schweizer Käse, Trockensalami, Sardinen, Mayonnaise, Sauergemüse, Corned beef, Pasteten, Kopfsalat und Bockwurst.« Er schüttelte den Kopf. »Die Bockwurst fehlt mir wirklich sehr.«

»Und das hast du uns vorenthalten«, warf Doolittle ihm vor, »während wir uns mit diesen miesen farbigen Konzentraten mästeten? Du hast Salami und Corned beef gegessen und . . . und . . .« Er versuchte »Pastete« zu sagen, aber sein Mund war so voller Speichel, daß er glaubte, das nicht mehr zu können.

»Ihr hättet dasselbe tun können«, protestierte Boiler. »Außerdem hatte ich vor, mit euch zu teilen, als dieser erste Schwarm uns erwischte. Die meisten unserer persönlichen Dinge waren oben in dem Raum – alles war gut isoliert. Ich holte mir hin und wieder ein Stück heraus und ging damit runter ins Lebensmittellager, denn nur dort konnte ich Abfälle loswerden, ohne daß euch der Geruch auffiel.« Sein Gesichtsausdruck wurde noch trauriger.

»Als die Schlafquartiere zerstört wurden, war auch die Kiste mit der richtigen Nahrung dahin. Ich hoffe nur – falls es irgendwo intelligentes Leben gibt –, daß diese Leute die umhertreibende Trockennahrung finden. Dann werden sie wissen, daß wir zivilisiert waren.«

Zum Gedenken legten sie einige Augenblicke des

Schweigens ein. Doolittle sprach ein stilles Gebet für die Pastete und sah Boiler mit neuem Respekt. Der Schock mußte damals für diesen Mann furchtbar gewesen sein.

»Das tut mir leid, Boiler, wirklich.«

»Schon gut, ich bin schon darüber hinweg. Ich bedauere nur, daß ich es nicht mit euch teilen konnte.«

»Das sollte uns nicht daran hindern, die Schlafquartiere zu reparieren«, warf Pinback ein. Er öffnete die Tür und betrat den umgebauten Lebensmittellagerraum.

Der Anblick des Zustandes dieses Raumes verlieh Pinbacks Wunsch noch mehr Nachdruck. Drei pneumatische Betten standen in der Gegend herum, der ganze Raum war mit Gerümpel aus all den Jahren des Fluges angefüllt, das bei drei männlichen Junggesellen so anfiel.

Nur eine Koje war in ordnungsgemäßem Zustand. Die Decke darauf war so strammgezogen worden, daß man eine Münze darauf hüpfen lassen konnte. Rangabzeichen und persönliche Gegenstände waren penibel genau am Kopfende abgelegt.

Das war natürlich Talbys Bett, das er schon seit . . . Doolittle konnte sich nicht erinnern, wann der Astronom begonnen hatte, in seinem Sessel in der Beobachtungskuppel zu schlafen. Es gefiel ihm ganz und gar nicht, aber nirgends in den Vorschriften stand etwas davon, daß ein Besatzungsmitglied nicht schlafen konnte, wo es wollte.

Doolittle hielt das aber nicht für gesund.

»Wir brauchten höchstens ein oder zwei Tage, um das herzurichten, Doolittle, Boiler. Na los, Leute, wir könnten das in . . .«

»Halt den Mund, Pinback!« schrie Doolittle.

»Na, ganz wie ihr wollt. Schlaft in diesen lausigen Betten – mich soll es nicht stören.« Pinback warf sich auf seine Matratze. Ein paar Handgriffe, dann hatte er eine Zigarette gefunden.

Doolittle streckte sich auf seinem Bett aus, holte Karten hervor und begann ein neues Patiencespiel. Boiler saß einfach auf seinem Lager und starrte an eine der drei freien Wände. An der vierten hatten sie unzählige Fotos meist unbekleideter weiblicher Wesen angeklebt.

»Für Ihre Unterhaltung«, hörten sie plötzlich die sanfte Stimme des Computers, »präsentieren wir Ihnen jetzt einige Mondscheinmelodien mit Martin Segundo und seinen funkensprühenden Geigen. Als erstes hören wir den Dauererfolg ›Abenddämmerung auf NGC Acht-Neun-Eins‹.«

Angenehme Musik erfüllte den Raum. Keiner widersprach dem Computer, obwohl seine Argumente für einerseits harte Rockmusik und andererseits Stimmungsmusik jeden Musikfreund verrückt machen konnten. Nur wenn seine Auswahl zu kindisch wurde, griffen die Männer ein.

Boiler hatte ebenfalls in seinen Sachen gewühlt und eine dicke Zigarre gefunden. Plötzlich meldete sich der Computer wieder.

»Ich muß Korporal Boiler und Sergeant Pinback daran erinnern, daß der Rauch von mehr als einer Person zur selben Zeit eine unnötige Belastung des Luftreinigungssystems bedeutet.«

»Welches Luftreinigungssystem?« schnaufte Boiler geringschätzig. »Ich rieche noch den Rauch von letzter Woche hier.« Der Computer antwortete nicht.

Boiler zündete seine Zigarre umständlich an und begann, ungewöhnlich exakte Rauchringe zu blasen.

Pinback starrte an die bebilderte Wand, seine Zigarette immer noch in der einen, das Streichholz in der anderen Hand. Abrupt ließ er beides zu Boden fallen; auf seinem Gesicht breitete sich ein verschlagener Ausdruck aus.

Mit leuchtenden Augen nahm er sich eine kleine Schachtel vor und stellte sie auf sein Bett. Während er Boiler und Doolittle beobachtete, begann er, in der Schachtel herumzuwühlen. Boiler blies zufrieden seine Rauchringe.

Dann drehte der Korporal sich um, suchte eine zweite Zigarre heraus. Scheinbar überrascht stellte er dann fest, daß er schon eine im Mund hatte. Wie völlig selbstverständlich drückte er die zweite aus.

Eine Sekunde später hatte er sie gegen ein Klappmesser ausgetauscht – ein ungewöhnlicher Gegenstand an Bord eines Raumschiffes, den die Flugdirektoren sicher verboten hätten, falls sie davon gewußt hätten. Aber die Psychometriker hatten darauf bestanden, daß jedes Besatzungsmitglied seine Privatkisten mitnehmen konnte.

Mit einem Klicken sprang das Messer auf. Mit der freien Hand schob Boiler alles von seiner Kiste herunter, die im übrigen als einzige von allen Kisten aus echtem Holz statt aus Kunststoff gebaut war.

Dann legte er die linke Hand flach auf die Kiste, die Finger leicht gepreizt, und begann, mit dem Messer in die Zwischenräume zu stechen. Vom Daumen bis hinter den kleinen Finger und zurück. Hin und zurück sauste das Messer Millimeter neben den Fingern in das Holz. Boiler hielt inne, hob seine verwundete Hand hoch.

Alle Eigenschaften und Fehler, die die Psychologen Boiler attestiert hatten, waren jetzt sichtbar: daß er Eiswasser in seinen Venen hatte, daß er der am wenigsten umgängliche Mensch in der Besatzung der *Dark Star* war, daß er in einer schwierigen Situation wohl als letzter zusammenbrechen würde – immer ausgenommen Powell.

All das hatten sie ihm in seiner Sitzung kurz vor Abflug aus der Orbitalstation gesagt, und er erinnerte sich jetzt daran und lächelte.

Da er nur Eiswasser in den Venen hatte, konnte natürlich auch nur Eiswasser daraus hervorquellen. Und das würde ganz schnell wieder aufhören. Jeder, der gesehen hatte, wie das Messer ihn verletzte, konnte sich überzeugen, daß kein Blut heraustropfte. Das war auf Boilers übernatürliche Kontrolle über seinen Körper zurückzuführen, die auch die Psychometriker als erstes unter seinen Qualitäten erkannt hatten.

Natürlich konnte es auch sein, daß er sich das Fehlen des Blutes nur einbildete, daß er es im ganzen Raum verspritzte, und daß er besser sofort in Behandlung gegangen wäre, statt auszubluten. In diesem Falle war er wahnsinnig.

Sein Lächeln wurde breiter, verschwand dann. Auf keinen Fall war er verrückt – nur Talby war verrückt, und der war harmlos. Boiler fragte sich, ob Talby, der verrückte Talby, bluten konnte.

Eines Tages würde er es vielleicht herausfinden.

Pinback hatte Mühe, ein Grinsen zu unterdrücken, als

er jetzt einen seltsamen Gegenstand aus seiner Kiste nahm. Es handelte sich um eine ungewöhnliche Brille. Auf der Erde hätten vielleicht zwei Menschen daran Spaß gehabt, trotzdem waren davon sicher mehr als zwei Stück auf dem umnachteten Planeten hergestellt worden. Pinback setzte die Brille auf.

Sie bestand aus einem billigen Plastikgestell, an dem vorn statt der Gläser zwei blutunterlaufene, halbgeschlossene Augen aus noch billigerem Kunststoff an beweglichen Federn angebracht waren.

Mit gesenktem Kopf seine Brille verbergend, ging Pinback langsam auf Boiler zu, der wieder an einer Wand saß und Rauchringe in die Luft blies. Pinback lehnte sich vor, hielt die Hand vor seine Augen, nahm sie nach wenigen Augenblicken fort. Die Plastikaugen klappten nach oben und tanzten an ihren Federn auf und ab.

Boiler wandte sich ruhig um und blies Pinback eine Rauchwoke ins Gesicht. Für Sekunden rührte sich nichts im Raum. Dann wandte Pinback sich um und ging zu seinem Bett zurück; das Lächeln war aus seinem Gesicht verschwunden. Niedergeschlagen nahm er die Brille ab und warf sie wieder in die Schachtel.

Boiler ist verrückt, dachte er. Schneidet sich in den Finger, ohne ein Wort zu sagen. Verrückt, aber er läßt sich nicht von mir helfen.

Boiler sah Pinback wütend hinterher, widmete sich dann wieder seinem scheinbar unverletzten Finger. Verrückt, der Sergeant war auf jeden Fall verrückt. Alle waren sie verrückt, ausgenommen vielleicht Doolittle – und Doolittle hatte andere Probleme.

Die Stille ging Pinback auf die Nerven, und wie immer

kam er darauf, den anderen irgendwie helfen zu wollen. Was konnte er nur für sie tun? Sein Blick fiel auf Doolittle.

Der Leutenant war tief in sein neues Spiel versunken, gerade suchte er unter den Karten einen roten Buben heraus und legte ihn auf eine unbesetzte Königin. Pinback, Boiler, das Zimmer, das Schiff nahm er gar nicht mehr wahr.

Die Stimme in seinem Kopf quälte ihn wieder. Meist konnte er sie verdrängen, aber manchmal war sie so hartnäckig, daß sie nicht ganz zu unterdrücken war.

»Du betrügst wieder, Doolittle«, beklagte sie sich. »Du hast immer betrogen, weißt du das, Doolittle? Du hast betrogen, um auf die Fliegerschule zu kommen, du hast bei den Prüfungen betrogen, obwohl das niemand für möglich halten würde. Auf die *Dark-Star*-Mission wolltest du nur, um Eindruck bei deiner Freundin zu schinden, und du hast die Psychiater betrogen, indem du gut gelernte, aber keine wahren Antworten gegeben hast. Dein ganzes kurzes, mieses Leben hindurch hast du betrogen, erfolgreich sogar, aber jetzt zahlst du dafür zurück, Lieutenant Doolittle, gleich dreifach. Jetzt möchtest du durch Betrug wieder nach Hause, nicht wahr? Aber das kannst du nicht, weil hier niemand ist, der betrogen werden kann. Wenn du nach Hause fliegst, ohne die zwanzigste Bombe auftragsgemäß abzusetzen, wirst du in Atome zerrissen. Und falls du sie auf irgendeine Welt niedergehen läßt, wird der Computer das registrieren, und man wird sich zu Hause kaum dafür bedanken. Nein, Doolittle, eher nimmt man dich dann in die Mangel und wird auch auf all die übrigen Betrügereien stoßen, ganz gleich, welche Erfolge du sonst vorweisen kannst. Der Computer läßt sich nicht betrügen – es bleibt dir also nichts weiter übrig, als gute Arbeit zu leisten, obwohl du es verhindern möchtest, nicht wahr?

Kommandant Powell hättest du niemals hereingelegt – aber er hätte dich zumindest verstanden.«

Doolittle zuckte zusammen. Plötzlich stand jemand neben ihm . . .

Die Angst verflog schnell, wandelte sich in Wut. Es war nicht der lange tote Powell, es war nur Pinback. Er widmete sich wieder seinem Spiel.

Pinback griff in eine seiner Taschen, holte etwas heraus, ließ es vor Doolittles Gesicht auf und ab hüpfen. Es war ein Gummihuhn. Doolittle ließ sich nicht beeindrucken.

Er legte eine schwarze Acht auf eine rote Acht: ein Problem, das selbst ein guter Betrüger nicht lösen konnte. Wütend warf er den Rest der Karten auf den übrigen Stapel.

»Verdammt!« er funkelte Pinback einen Augenblick an, der unter diesem kurzen Ansturm des Hasses zusammenzuckte, dann verließ er den Raum.

Doolittle war auf sich selbst wütend. Wütend, weil er die falsche Karte auf die falsche Karte gelegt hatte, wütend auf Pinback und seinen idiotischen Gummivogel, wütend auf das Universum, das ihn verspottete – nein, schlimmer: ignorierte.

Ein verwirrter Pinback starrte zu Boiler.

»Was, glaubst du, ist mit ihm los?«

Ich muß mich beruhigen, dachte Doolittle. Die anderen sind von mir abhängig. Er konnte es sich nicht mehr leisten, so auf Pinbacks kindischen Unsinn abzufahren. Pinback war für sein Tun nicht verantwortlich.

Muß ausruhen, darf es mir nicht zu sehr zu Herzen nehmen, dachte Doolitlle.

Das Musikzimmer – das war es; er würde ins Musikzimmer gehen. Doolittle ging schneller. Es war nicht weit.

III

Das Musikzimmer war ein abgetrennter Teil ihres gemeinsamen Erholungsraumes, extra zu seinem Gebrauch eingerichtet. Dootlittle schloß die Tür hinter sich und sah ehrfurchtsvoll zu der Orgel.

Zusammen mit allen verwertbaren Resten aus Holz, Kunststoff oder Metall, hatte er das Musikinstrument vollständig in der Handwerks-Hobby-Abteilung des Schiffes gebastelt.

Mit allen Möglichkeiten, die er da gehabt hatte, und mit Material, das er aus verschiedenen Instrumenten herausgenommen hatte (die nachdenkliche Psychometriker ihm erlaubt hatten), war ihm die Konstruktion eines Gerätes gelungen, das einer Kreuzung zwischen einem Webstuhl, einem Piano und dem Verkaufswagen eines Gewürzhändlers glich.

Dutzende Flaschen und Glocken und Holzstücke hingen von einem regalartigen Gerüst herab, und alle waren durch ein wahnsinniges Spinnennetz aus Fäden und Drähten mit einer zentralen Tastatur verbunden.

Vorsichtig setzte er sich auf einen Hocker, nahm einen Holzschlegel zur Hand und überprüfte den Ton einiger Flaschen. Die ersten waren in Ordnung, schließlich aber traf er eine, die nur einen indifferenten, hohlen Klang von sich gab. Immer diese verdammte Halbliter-Flasche, daß sie auch nie richtig zu stimmen war.

Neben Doolittle stand ein Behälter mit Wasser – die Hälfte davon war in der Zeit, seit er hier das letzte Mal gespielt hatte, verdunstet. War das schon so lange her? Ach, es ging nichts verloren. Das Wasser wurde durch das Schiff ständig erneuert – durch die Feuchtigkeit ihres Atems, Exkremente und eben herumstehende Behälter.

Erneut schlug er mit dem Schlegel gegen die Flasche, schüttete etwas Wasser hinein, klopfte dagegen, noch einmal, jetzt konnte eigentlich nur noch ein Schluck Wasser fehlen.

Eines Tages würde er die Orgel vervollständigen und sie ordentlich stimmen. Im Augenblick aber ging es nicht besser. In einer dramatischen Geste hob er die Hände über die Tasten, ließ sie herunterfallen.

Hier, in einer isolierten Ecke der *Dark Star*, war der einzige Ort, an dem er schöpferisch tätig sein konnte, der einzige Ort, an dem er den Wunsch verspürte, etwas zu erschaffen, nicht, etwas zu zerstören, der einzige Ort, der ihn sogar ein wenig an sein Zuhause erinnerte. Das war sein Tempel, ähnlich Talbys Kuppel, Boilers Bilderwand oder Pinbacks Comic-Büchern.

Seine Hände glitten locker über die Tasten, lösten unzählige Signale aus – die fließende Toccata von Widors »Sechstem Orgelkonzert«, einem Musikstück, das so schwer und doch so leicht wie große Ozeanwellen anschwoll, ihn selbst und dann den ganzen Raum erfaßte.

Jetzt spielte er härter, schneller, trieb die Fugenstruktur des Stücks zur gischtenden Coda; Triller auf Triller schichtete sich übereinander, während seine Füße mit den Baßpedalen zu einem Ganzen verschmolzen . . . Dann klang das erregte Crescendo ab, verflüchtigte sich . . .

Doolittle blinzelte.

Die Musik war aus, der Trip vorbei. Er fühlte sich wie neugeboren, erfrischt, gesäubert und wieder im Einklang mit seiner Umwelt, mit dem Universum.

Minuten später verließ er den Raum.

Warum begriffen die anderen das nicht? Selbst Powell hatte nie verstanden, was er in der »Sammlung aus Abfällen und Schrott« sah, wie der Kommandant es zu nennen pflegte.

Also war das Wissen Doolittles alleiniger Besitz. Aber was war mit Talby? Nein, Talby begriff die Orgel des Lieutenants auch nicht. Sein Geheimnis war sicher.

Wo mochte Talby jetzt sein? Doolittle sah auf seine Uhr. Wahrscheinlich saß er in seiner Kuppel. Doolittle fuhr auf dem Absatz herum und strebte auf ihre »Küche« zu, statt zurück in den gemeinsamen Wohnraum zu gehen.

Dort angekommen, bestellte er ein großes Frühstück. Nicht für sich, nein – für Talby. Er wollte es dem Astronomen hinaufbringen und versuchen, seine Gedanken über die Orgel mit ihm auszutauschen. Von allen Besatzungsmitgliedern könnte der Astronom in der Lage sein, ihn zu verstehen.

Der Nahrungsmittelcomputer zögerte, stand dann still. Vermutlich wollte er zu dieser Stunde kein Frühstück mehr ausgeben. Doolittle drückte erneut den erforderlichen Knopf, und klappernd wurde das Gewünschte geliefert. Doolittle ging dann zur Tür, die auf den Gang hinauf zur Kuppel führte.

Unterwegs kamen ihm Zweifel. Vielleicht wollte Talby nicht gestört werden. Doolittle wollte seine kleine Expedition schon abbrechen, machte sich dann aber selbst Mut. Talby mochte etwas gegen Gesellschaft haben, aber essen mußte auch er.

Er steckte seinen Kopf durch eine Luke und rief leise: »Talby?«

Ein Summen, dann sauste der Sessel herum. Talby starrte ausdruckslos auf ihn herunter.

»Hier ist etwas zum Frühstück.« Doolittle reichte ihm den flachen Metallbehälter hinauf. Talby nahm ihn wortlos an sich, dann ein Summen, und der kokonartige Sessel glitt zurück, um Doolittle mehr Raum zu geben. Das war Talbys Art, ihn willkommen zu heißen.

Vorsichtig sah der Lieutenant durch die Kuppel hinaus ins Universum. Das Weltall schien sich um ihn herum zu drehen – nein, das war eine Phrase aus einem Buch, und es paßte auch nicht. Das Universum war unbeweglich und dadurch viel beeindruckender, als wenn es sich langsam bewegt hätte.

Ihr Schiff bewegte sich, aber selbst bei dieser ungeheuren Geschwindigkeit war die Galaxis zu groß, als daß man eine Bewegung mit dem nackten Auge hätte ausmachen können. Im Hyperraum war das etwas anderes, dort umgab sie nur ein beruhigendes Flackern. Was man nicht darstellen, beschreiben konnte, brauchte man auch nicht zu fürchten.

Ganz anders wirkte das All auf ihn, wenn er von der Erde aus hineinschaute. In jenen Nächten war es ihm als ein anheimelnder Ort erschienen, als grandioser Gobelin, gewebt aus Sonnen- und Nebelflecken, der einen passenden Hintergrund für den blau-weißen Juwel Erde bildete, wenn man vom Mond zu ihr herübersah.

Aber jetzt stand die Erde nicht über seiner Schulter. In ihrer gegenwärtigen Position war sie nur ein ferner Lichtfleck, den nur der Computer des Schiffes überhaupt ausmachen konnte.

Oh, und natürlich Talby. Wenn man ihn aber danach fragte, würde er ohne zu zögern irgendwo ins All hinauszeigen und sagen: »Sol? Da ist sie. Aber warum willst du es wissen? Es ist kein sonderlich wichtiger Stern.« Dann würde er sich wieder seinen Sternen widmen.

Doolittle hatte lange nicht begriffen, warum der Anblick des Weltraums ihm Angst machte. Alle Psychologen hatten ihm bescheinigt, daß er in dieser Hinsicht keinen Defekt hatte. Aber keiner dieser Psychologen hatte Jahre damit verbracht, in einem kleinen metallenen Dreieck durch das Nichts zu stürzen, ohne auch nur einmal einen Blick der Erde zu erhaschen. Eine solche Reise brachte in jedem Menschen Veränderungen hervor, die kein Psychometriker je vorausahnen konnte.

Und das war alles gar nicht so kompliziert. Das All war groß, der Mensch klein, und damit konnte man nicht auf Dauer leben – irgendwann krachte diese Größe über dem Menschen zusammen, zerstörte ihn. Talby allerdings schien das Problem gelöst zu haben. Er würde so manche Theorie, die man auf der Erde entwickelt hatte, durcheinanderwirbeln, wenn er nach Hause zurückkehrte und es überhaupt gelang, ihn aus seinem geliebten Sessel hier oben herauszubekommen. Talby lebte in der großen Leere erst richtig auf.

Doolittle haßte ihn deswegen.

Talby nahm seinen Helm ab und riß die Schutzfolie von seinem Frühstück. Er knüllte das dünne Metall zusammen und warf es achtlos durch die Luke hinaus. Doolittle sah ihm nach, bis es verschwunden war, dann richtete sich sein Blick wieder auf den Astronomen, der begonnen hatte, an einer Tube Eikonzentrat zu saugen.

»Talby, du solltest lieber zu uns herunterkommen und mit uns essen. Oder wenigstens zum Schlafen. Du verbringst zuviel Zeit hier oben.«

Solche und ähnliche Sätze hatte er schon tausendmal gesagt, und zum tausendsten Mal gab Talby ihm die gleiche Antwort.

»Warum? Mir gefällt es hier oben. Ich störe niemanden von euch, oder? Ihr solltet über die zusätzliche Privatsphäre froh sein.«

»Wir haben genügend Privatsphäre, Talby. Wir haben ein ganzes Schiff, in dem wir uns voneinander verkriechen können.« Er hielt kurz inne, versuchte dann, Talby von einer anderen Seite her zu packen. »Du bist früher heruntergekommen, hast mit uns gegessen – wird das hier oben nicht einsam? Ich meine, Privatsphäre ist eine Sache, Talby, aber . . .«

»Ich komme nicht mehr gern hinunter, seit Kommandant Powell gestorben ist«, sagte Talby. »Ich fühle mich da unten zu sehr beengt.«

»Ja«, murmelte Doolittle hilflos. Was sollte er darauf sagen? »Du solltest mehr Zeit unten verbringen, verstehst du, mehr von dem Schiff sehen.«

»Ich? Wozu sollte ich mir das Schiff anschauen? Ich weiß, wie ein Raumschiff aussieht, dafür bin ich nicht mit auf diese Reise gegangen, Doolittle.« Er lehnte sich zurück, starrte mit dem für ihn typischen entrückten Blick hinaus.

»Hier oben kann ich Dinge beobachten, Doolittle. Ich liebe es, etwas zu beobachten – die Sonnensysteme, die einsamen Meteore, Gaswolken und fernen Milchstraßen. Ich habe mehr Sterne gesehen als jedes menschliche Wesen, Doolittle. Und man weiß nie, was während des Fluges – sei es mit unserem jetzigen oder dem Überlichtantrieb – auf einen zukommt. Manche Dinge würden dich überraschen, Doolittle.«

»Ja«, murmelte Doolittle. »Aber dazu hast du doch später noch genug Zeit. Ich meine, sieh es doch mal so: Wir sind jetzt zwanzig Jahre im All, physisch aber nur um drei Jahre gealtert; es ist also später noch viel Zeit zum Sichumsehen, nicht wahr, Talby? Talby?«

»Fliegen wir wirklich in die Schleiernebel-Region?« flüsterte der Astronom.

»Natürlich«, bestätigte Doolittle. »Ich habe selbst die Anordnung dafür erteilt und die Kurskorrektur überwacht, nicht wahr? Der Kurs ist programmiert.«

»Weißt du, Doolittle«, sagte Talby ruhig, »daß wir im Schleiernebel etwas ganz Seltsames, Wunderbares antreffen könnten: die Phönix-Asteroiden? Sie müßten jetzt in jener Gegend sein, wenn die Vorausberechnungen korrekt sind.«

»Phönix-Asteroiden?« fragte Doolittle. »Davon habe ich noch nie gehört.«

Talby musterete ihn mit einem Blick, den er nicht richtig einordnen konnte – Ärger lag darin, Ungeduld, Bedauern.

»Es handelt sich um einen Asteroidenschwarm – das vermutet man jedenfalls –, der eine so riesige Umlaufbahn hat, daß man sie jahrelang nicht berechnen konnte.

Der Schwarm wurde kurz nach Einrichtung der ersten großen lunaren Teleskope entdeckt. Er beschreibt keine gerade Bahn und gehört auch zu keinem Sonnensystem, trotzdem hat er eine eigene, echte Umlaufbahn.

Einmal alle zwölf Komma drei Billionen Jahre umrundet der Phönix-Asteroidenschwarm unser Universum. Zufällig kommt er auf seiner Bahn alle zwölf Komma drei Billionen Jahre in der Nähe unseres Sonnensystems vorbei – beim nächsten Durchlauf gibt es vielleicht keine Erde mehr, vielleicht nicht einmal ein Universum – aber der Phönix wird noch da sein.«

»Verrückt . . . wie kann überhaupt jemand eine solche Umlaufbahn berechnen?« fragte Doolittle und schalt sich Sekunden später einen Narren, denn offensichtlich *hatte* irgend jemand sie berechnet.

»Ich weiß es nicht, Doolittle, ich bin kein Computer, aber es ist gemacht worden. Was Phönix selbst betrifft, so wissen wir sehr wenig über ihn. Über die Art seiner Zusammensetzung haben wir nur Vermutungen, und auch die Tatsache, daß man ihn vom Mond aus geortet hat, setzt voraus, daß er von sich aus leuchtet. Sein Spektrum ändert sich ständig, die Farben zerfließen wie Wein, und niemand weiß, wie oder warum. Von Rechts wegen ist ein solches astronomisches Objekt von der Erde aus überhaupt nicht auszumachen, ganz zu schweigen davon, seine Farbe bestimmen zu können. Aber man kann es, Doolittle, man kann es.«

Doolittle starrte nachdenklich auf Talby. Stimmte das, was der Mann da erzählte, oder war das seinem sehr lebendigen Vorstellungsvermögen entsprungen, das Produkt und die Folge des intensiven Hinausstarrens in ein unnachgiebiges Weltall?

»Sie glühen einfach«, fuhr Talby flüsternd fort. »Sie leuchten, während sie auf ihrer grandiosen Umlaufbahn das Universum umrunden. Die Phönix-Asteroiden.«

Doolittle dachte minutenlang über das nach, was der Mann gesagt hatte, während sie beide schwiegen. Schließlich sah Doolittle auf und wandte sich an Talby. »Weißt du, woran ich denke, Talby? Du redest ständig von dir, Talby, und auch Boiler und Pinback lassen sich bei jeder Gelegenheit gehen – aber ich bin nicht so. Und doch, hier oben . . .« er sah hinaus ins All, ». . . ist es leichter zu reden, glaube ich. Weißt du, woran ich gerade denken muß?«

Der Astronom antwortete nicht, sah ihn aber erwartungsvoll an. Davon ermutigt, sprach Doolittle weiter.

»Es ist komisch, ich sitze im Schiff herum, allein, und nehme mir für mich selbst viel Zeit. Ich kann eigentlich mit niemand anderem sprechen, das war noch nie meine Stärke auf dieser Reise. Ich weiß nicht, woher das kommt, Talby, es macht mir Sorgen. Zu Hause hatte ich keine Schwierigkeiten damit, ich war da wirklich umgänglicher.«

»Wir alle durchlaufen Veränderungen, Doolittle«, sagte Talby mit bedeutungsvollem Unterton.

»Ja, das glaube ich auch . . . jedenfalls, wenn ich viel Zeit für mich habe, denke ich an die Vergangenheit, an meine Heimat Malibu. Weißt du, wo Malibu liegt, Talby?«

Der Astronom schüttelte den Kopf. Terranische Geographie hatte ihn nie interessiert.

»Es ist eine kleine Stadt im Norden von Los Angeles-Megalopolis, eine Stadt am Meer. Ich lebte dort, bevor ich in dieses Flugprogramm einstieg. Und ich bin dort immer auf den Wellen geritten, Talby. Ich war ein großer Wellenreiter.«

Er sah zu dem stummen Astronomen hinauf. »Welche Zeit wird es jetzt zu Hause in den Staaten sein, Talby?«

Talby starrte durch die Kuppel hinaus. »In Los Angeles ist es etwa acht Uhr fünf morgens.«

»Ja, sicher.« Doolittle suchte ein Lächeln zu verbergen. »Aber welche Jahreszeit?«

Talby schüttelte den Kopf.

»Ich wette, es ist Frühling«, sann Doolittle. »Die Wellen bei Malibu und Zuma – das ist ein Strand nördlich von Malibu – sind im Frühjahr phantastisch. Ich erinnere mich, daß ich im Frühling immer in Badehose und mit meinem Surfbrett am Strand entlanggerannt bin, um das Prickeln der Gischt auf der Haut zu spüren . . .« Er hielt inne, da Talby gar nicht richtig zuhörte. Aber immerhin: Es war gut, mal zu jemand anderem darüber zu sprechen.

»Dann stürzte ich mich in die Wellen, und ehe man sich versieht, schwebt man in einer dieser gläsernen Wände auf den Strand zu, bis die Welle bricht.«

»Bricht«, echote Talby, sah plötzlich wieder zu Doolittle hinunter. Ein Teil von ihm schien doch zugehört zu haben.
Teil von ihm schien doch zugehört zu haben.

»Weißt du«, fuhr der Lieutenant traurig fort, »ich vermisse meine Wellen und mein Brett mehr als alles andere.«

Talby lächelte. »Erzähl mir mehr darüber, Doolittle.«

»Du willst es wirklich hören?«

Talby nickte, und Doolittle erzählte ihm von den Wellen . . .

IV

Pinback räkelte sich in seinem Liegestuhl und rückte seine Sonnenbrille zurecht. Es war heute sehr heiß am Strand. Dann blinzelte er zu der Sonne über sich empor.

Nach dem Stand der guten alten Sonne war es genau Mittag und Zeit zum Essen, aber noch hatte er keine Lust. Ich muß aufpassen, dachte er. Alle zehn Minuten umdrehen, damit ich keinen Sonnenbrand bekomme. Zehn Minuten . . .

Er wollte gerade wieder in seine Traumwelt hinübergleiten, als ein kratzendes Geräusch ihn störte. Er wollte es ignorieren, aber es weigerte sich, zu verschwinden – ja, es wurde sogar noch lauter.

Das wird ein Kind mit seiner Schaufel sein, ich muß mal mit der Mutter sprechen. Pinback hob seine Brille an und blinzelte darunter hinweg.

Boilers Rücken schob sich in seinen Sichtbereich, völlig fehl am Platze und unerwünscht, weil er Pinbacks so sorgfältig aufgebaute Illusion nachdrücklich zerstörte. Der Korporal zerrte in der künstlichen Schwerkraft des Schiffes ein großes, quadratisches Stück Metall mit Scharnieren an den Seiten durch den Gang.

Pinback glaubte den Gegenstand zu erkennen. Er beobachtete Boiler, wie dieser die Metallplatte am hinteren Ende des Korridors schräg gegen die Wand lehnte. Jetzt erkannte Pinback genau, was es war.

»He, das ist die Klappe von der Heizungseinheit, nicht wahr?«

Boiler beachtete ihn nicht. Er besah sich die Metallklappe, rückte sie ein wenig zurecht, rieb sich dann zufrieden die Hände und kam zurück, an Pinback vorbei.

Der Sergeant sah ihm verwundert nach. Boilers geheimnisvolle Aktivitäten erschienen ihm unverständlich. Sekunden später bekam er eine Erklärung.

Boiler kehrte mit einem wohlbekannten Gegenstand im Arm zurück. Pinback wußte sofort, worum es sich handelte, obwohl er mit dem Gerät bisher nur einmal zu tun gehabt hatte: es war der tragbare Laser, der leichter war und tödlicher wirkte, als er aussah. Sein Vorhandensein in Boilers Händen wies auf unangenehme Möglichkeiten hin.

Einen Augenblick erwog Pinback, einfach zu verschwinden, denn wenn sich in Boilers Neandertalschädel erst einmal eine verrückte Idee festgesetzt hatte, konnte sie ihm niemand ausreden, nicht einmal Doolittle. Und was immer er jetzt vorhaben mochte, es war bestimmt verrückter als sonst. Der Laser war mehr als ein Spielzeug.

»Du . . . du darfst das Ding nur in Notfällen herausnehmen«, stotterte er schließlich. »Es ist nicht für Zielübungen gedacht.«

Boiler widmete ihm keinen Blick, statt dessen hob er die Waffe ans Gesicht, zielte. Während Pinback noch erschüttert zusah, drückte Boiler ab.

Ein unerträgliches grelles rotes Licht zuckte für Sekundenbruchteile auf, schlug in die Mitte der aufgerichteten Heizungsklappe ein. Eine kleine Flamme flackerte auf, als das Metall verbrannte, dann kühlte die getroffene Stelle schnell ab.

»Das ist gefährlich«, sagte Pinback erschrocken, als der Korporal die Waffe erneut hob. »Du könntest durch die Klappe hindurch Schiffseinrichtungen beschädigen, etwas Lebenswichtiges zerstören!«

Boiler feuerte erneut. Eine kleine Rauchwolke stieg an der Metallplatte auf – Boiler hatte den Schuß dicht neben den ersten Treffer plaziert. Er runzelte die Stirn, setzte die Waffe ab und begann, an ihr herumzuhantieren.

Pinback beobachtete ihn nervös. Er wünschte, Powell oder wenigstens Doolittle wären hier. Er sollte loslaufen und Doolittle holen – aber was würde Boiler allein anrichten?

»Was passiert, wenn du durch die Schiffshülle schießt?» fragte Pinback. »Was dann, he?«

»»Um Himmels willen, es ist auf diese Entfernung eingestellt, Dummkopf«, grollte Boiler.

»Na und? Du könntest trotzdem Fehler machen. Ich werde es Doolittle sagen.«

Boiler riß den Kopf herum und starrte den Sergeanten gefährlich an. Er war dicht vor der Grenze, und es konnte etwas geschehen sein, das . . .

Sie wurden von einer sanften, leicht erotischen Stimme unterbrochen, die sie jetzt am allerwenigsten erwartet hatten.

»Tut mir leid, Ihre Erholungszeit zu stören«, verkündete der Computer reumütig, »aber es ist für Sergeant Pinback Zeit, den Fremden zu füttern.«

»Ach!« stöhnte Pinback. »Das möchte ich jetzt nicht tun.«

»Darf ich Sie daran erinnern, Sergeant Pinback«, fuhr der Computer fort, »daß es Ihre Idee war, den Fremden an Bord zu bringen? Wenn ich Sie zitieren darf, so sagten Sie ›das Schiff braucht ein Maskottchen‹.«

»Ja, aber . . .«

Der Computer unterbrach ihn. »Es war Ihre Idee, also fällt das auch in Ihre Verantwortung, Sergeant Pinback.«

Boiler quittierte die Bemerkung mit einem bösartigen Lachen.

»Mist«, murmelte Pinback. »Ich muß hier alles machen. Er ist jedermanns Maskottchen, warum kann mir da nicht mal einer helfen?«

»Er ist dein Haustier; mir wird schon allein vom Anblick schlecht. Selbst Doolittel meint, du solltest ihn aus der Schleuse werfen.«

»Ihr habt alle keine Gefühle. Er ist kein perfektes Haustier – na und? Wir haben alle unsere Fehler.«

Pinback murmelte auf dem ganzen Weg zu dem Sektor, den sie für lebende außerirdische Wesen reserviert und abgetrennt hatten, wütend vor sich hin. Unterwegs hielt er nur inne, um sich eine Kehrschaufel und einen Besen zu greifen. Ein tragbarer Staubsauger wäre praktischer gewesen, aber irgendein wahnsinniger Psychometriker hatte entschieden, daß eine Kehrschaufel und ein Besen ihren Bedürfnissen mehr entsprechen würden; vertraute Gegenstände nahmen ihnen ein wenig die Einsamkeit.

Über der Tür war in einfachen Buchstaben das Wort ACHTUNG! aufgemalt worden. Dieser Hinweis entbehrte nicht einer gewissen Berechtigung, und vorsichtig öffnete er die Tür.

Pinbacks Haustier war, je besser es sich an die Bedingungen im Schiff gewöhnt hatte, immer unternehmungslustiger geworden. Als er das letzte Mal nach ihm gesehen hatte, hatte der Fremde ihn in der Tür erwartet, um über ihn herzufallen.

Dann war da die Zeit gewesen, als die Leuchtkörper ausgeschwärmt waren. Leuchtende, farbige Lichtkugeln – die fremdartigste Lebensform, die ihnen je begegnet war –, hatten sich die Leuchtkörper gelehrig ins Schiff und in einen Käfig transportieren lassen. Einmal mit dem Raumschiff im Weltall, hatten sie begonnen, ihren Plexiglaskäfig zu verlassen und sich im Schiff herumzutreiben. Eine hektische Woche lang hatten die Männer sie im ganzen Schiff mit dunklen Blechteilen, Blitzlichtern und allem, was sie veranlassen oder zwingen konnte, in den Käfig zurückzukehren, gejagt.

Das alles war ihnen wahnsinnig und unmöglich vorgekommen – wie konnte man etwas, das aus reinem Licht besteht, gefangenhalten? Powell war schließlich auf die Idee mit den Spiegeln gekommen. Eine komplexe Anordnung versteckter Spiegel machte den Käfig zu einem richtigen Käfig. Die Leuchtkörper konnten immer noch hinaus, wenn sie wollten, aber die Spiegel bedeuteten ihnen, daß d nicht erwünscht war, und so unterwarfen sie sich meist diesem Wunsch.

Pinback betrat den Raum und sah sich schnell um. Nirgends etwas von Wasserball zu sehen.

Der Raum war leer bis auf den Glaskäfig; vier der Leuchtkörper reagierten sofort auf Pinbacks Anwesenheit. Ein Jammer, daß sie nicht intelligent waren. Sie waren friedlich, sogar freundlich – und ungewöhnlich dumm.

Pinback mochte diese Wesen nicht.

»Also schön – wo steckst du?« Er begann, unter Regalen und umgestürzten Kisten zu suchen. »Komm raus, Ball, hör auf, herumzuspielen.« Wasserball war eine passende Beschreibung des Fremden, vielleicht gar eine würdige. Natürlich hatte Boiler ihm diesen Namen gegeben, und trotz aller gegenläufigen Bemühungen Pinbacks war der Name hängengeblieben.

»Na, komm schon«, murmelte er, stellte die Kehrschaufel und den Besen in eine Kiste und schnappte mit den Fingern. »Ich hab' keine Zeit dafür.«

Vor ihm blitzten plötzlich rote Punkte auf, gefolgt von einem dumpfen Aufprall. Erschrocken sprang Pinback zurück, erkannte dann die Quelle des Geräusches. Er stemmte die Hände in die Hüften und funkelte auf den Fremden hinunter. »Und ich habe mal gedacht, daß du nett bist, als ich dich an Bord brachte.«

Der Fremde zwitscherte rätselhaft zurück.

Seine Größe betrug etwa ein Drittel der eines Menschen, er war fast genau kreisrund und kugelig und außen von gelben, schwarzen, grünen und roten Punkten übersät, die sich leicht bewegten, während der Körper pulsierte. Am Körper befanden sich auch zwei klauenartige Füße, das war alles. Das fremde Wesen hatte weder so etwas wie Arme, Beine, einen mehrteiligen Körper oder gar ein Gesicht.

Es konnte Geräusche und Bilder unterscheiden, obwohl die Organe, die diese Funktionen erfüllten, irgendwo in dem rundlichen Körper versteckt waren. Gelegentlich gab das Wesen Laute von sich, die wie das Geschnatter eines nervösen Kanarienvogels klangen, manchmal vermischt mit einem tiefen Stöhnen, das verdächtig nach den Geräuschen klang, die Pinback von sich gab, wenn er schlimme Bauchschmerzen hatte.

Der Sergeant war zu einem Schubfach an einer Wand gegangen und wühlte darin herum. Kurz darauf kehrte er mit einem leicht zerzausten Grünkohlkopf einer fremden Welt zurück. Nahrung von der Heimatwelt des Wasserballs war ihnen schon lange ausgegangen, da sich der Appetit des Fremden als überraschend kräftig herausgestellt hatte.

Pinback hielt ihm das Grünzeug hin. »Na, nimm's schon. Jetzt ist nicht die Zeit, wählerisch zu sein. Wir haben von dem anderen Zeug nichts mehr.«

Der Fremde machte keine Regung, näher zu kommen. »Hier, iß das!« schrie Pinback und warf dem Fremden das Essen hin. Er hatte sein Haustier satt.

Der Kohl blieb vor Wasserball liegen. Der Fremde zögerte, lehnte sich dann vor, als wolle er die Nahrung untersuchen. Mit seinen beiden Klauen klopfte er dabei auf den Boden des Raumes, Pinback imitierend. Ob der Fremde Intelligenz besaß, war fraglich, obwohl er hin und wieder Dinge tat, die unerklärlich waren. Eine Vorliebe fürs Imitieren allerdings konnte festgestellt werden – Bemühungen, mit den Menschen zu kommunizieren, waren jedenfalls noch nie festgestellt worden.

Nach einer Weile kamen die Klauen zum Vorschein, schoben den Salat in Richtung auf Pinback. Der Fremde zwitscherte lärmend.

»Ah, ja? Was soll ich denn jetzt tun? Dir ein RD-Drei-Dinner mit zwölf Gängen servieren? Ich weiß nicht, was du gern essen würdest – dieses alte Gemüse ist die einzige Nahrung, die nicht in Konzentratform vorhanden ist. Konzentrate würden dir ganz bestimmt nicht schmecken – wir selbst sind auch nicht wild darauf.«

Der Fremde zwitscherte unverständlich vor sich hin.

»Na los, nimm es«, sagte Pinback schließlich und wandte sich seinem Besen und der Kehrschaufel zu.

Plötzlich schnellte sich der Fremde mit seinen kurzen, kräftigen Beinen in ein Regal an der Wand, so daß er auf einer Höhe mit Pinback war. Der aber kümmerte sich nicht darum und kratzte weiter die getrockneten Exkremente vom Boden des Raumes zusammen.

Der Fremde verharrte in seiner Stellung und schien die Situation zu überdenken. Entweder hatte er sich etwas in den Kopf gesetzt, oder Pinbacks gekrümmter Rücken war einfach zu einladend. Er sprang.

Mit den Klauen voran, landete er mit voller Wucht auf Pinbacks Rücken. Pinback schrie auf und streckte sich, aber der Wasserball klammerte sich fest, kratzte dabei unangenehm, so daß Pinback nach hinten ausschlug, um die Last loszuwerden. »He, verdammt! Verschwinde von meiner Schulter!« Wasserball war inzwischen etwas höher geklettert und begann, Pinback an den Haaren zu reißen. Trotz seiner Größe gelang es Pinback nicht, das fremde Wesen mit den Händen zu packen – der weiche Körper entglitt immer wieder seinem Griff.

Verwirrt stolperte Pinback ein paar Schritte vor; zum ersten Mal wurde ihm bewußt, daß der Wasserball diesmal nicht mit ihm spielen wollte. Pinback stolperte gegen eine Wand, der Fremde schob sich weiter nach oben und begann, Pinback im Gesicht zu kratzen.

Da gelang es dem Sergeanten, eine Hand zwischen sich und das Wesen zu bringen. Mit einer heftigen Bewegung stieß er es von sich. Wie ein Ball prallte es auf die Erde und hüpfte durch die offene Tür zwitschernd davon.

»Gottverdammtes, undankbares Vieh!« Pinback schob sich die Haare aus dem Gesicht, ging zur Tür und spähte hinaus.

Wasserball saß etwa in der Mitte des angrenzenden Raumes und beobachtete Pinback, obwohl an seinem Körper nichts auf das Vorhandensein von Augen deutete. Pinback seufzte.

Also wollte er doch spielen. »Also gut, Spaß bleibt Spaß. Komm hierher zurück.« Er trat in den Korridor hinaus, ging mit schnipsenden Fingern auf das fremde Wesen zu.

»Na komm, sei ein guter Junge, guter Wasserball, so ist's gut.« Er kam näher, beugte sich vor, um dem Fremden einen aufmunternden Klaps zu versetzen – doch der machte eine heftige Abwehrbewegung auf ihn zu. Obwohl weder ein Mund noch Zähne zu sehen waren, zog Pinback schnell seine Hand weg.

Er wußte zuviel über fremde Lebensformen, um sich bewußt zu sein, daß er andere, weniger sichtbare, aber nichtsdestoweniger wirksame Formen der Abwehr besaß.

Diese häßlichen gelben und schwarzen Flecken, zum Beispiel, zeigten hin und wieder verdächtige Feuchtigkeitsspuren an ihren Rändern. Vielleicht konnte der Fremde unangenehme Stoffe absondern, wenn er sich in Gefahr wähnte; vielleicht waren sie sogar giftig.

Wasserball war ihnen allen so harmlos und freundlich vorgekommen, daß sie anfangs natürlich nicht daran gedacht hatten, ihn ausgedehnten Tests zu unterziehen. Irgendwie bedauerte Pinback dieses Versehen jetzt, weil er nicht wußte, ob Wasserball bluffte oder nicht.

Nun, auf keinen Fall würde er jetzt ein Risiko eingehen. Das Zwitschern, das verstärkt zu hören gewesen war, als Wasserball Pinback abgewehrt hatte, veränderte sich jetzt immer mehr zu einem Grollen.

Wenn er nun also nicht spielen wollte, mußte man vielleicht feinfühliger vorgehen. Irgendwo in seinem Arbeitsanzug mußte doch . . . ah, da. Das hatte bei diesem Geschöpf bisher immer gewirkt. Er beugte sich ein wenig vor, schob den Gegenstand auf Wasserball zu, drückte ihn.

Es handelte sich um eine kleine graue Maus mit rosa Ohren und einer großen rosa Nase, die jetzt satt quietschte. Pinback drückte noch einmal darauf.

»Hier, mein Junge, möchtest du nicht dieses süße Mäuschen haben? Hier, ein schönes, kleines Mäuschen . . .« Eine tolle Betätigung für einen erwachsenen Techniker. »Hier.«

Wasserball machte keine Anstalten, sich zu bewegen, aber sein aufgeregtes Pulsieren ließ etwas nach. Pinback stellte das künstliche Tier vor Wasserball ab.

Der Fremde schien eine Entscheidung getroffen zu haben, denn mit einem kurzen Hopser sprang er auf die Maus. Knirschende, schmatzende Geräusche ertönten plötzlich, und Pinback deutete sie richtig: Der Fremde aß die Maus auf.

»Idiot!« schrie Pinback und wollte nach den Resten der Maus greifen.

Wasserball bewegte sich wieder nach vorn und

berührte diesmal Pinbacks nackte Hand. Ein brennendes Gefühl, als habe er kurz in eine Flamme gefaßt, zuckte durch seine Hand. Pinback sprang zurück, hielt seine Hand an den Mund und saugte an der verwundeten Stelle – eine reine, wenig überlegte Reflexreaktion seinerseits. Glücklicherweise war die Flüssigkeit schon in seine Haut eingedrungen und kam nicht mit seiner Zunge in Berührung. Soweit, was Feinfühligkeit und Psychologie betraf. Jetzt wurde es Zeit, weniger tiefenpsychologisch an die Sache heranzugehen.

Sekunden später kehrte Pinback mit seinem Besen zurück. Es wäre leichter gewesen, wenn ihm jemand geholfen hätte, aber Boiler hätte nur gelacht, und der so überlegene Doolittle hätte sich nicht dafür interessiert.

Als Pinback ein paar Schritte gemacht hatte, bemerkte er plötzlich, daß Wasserball verschwunden war. Er wollte also immer noch spielen? Na gut! Sich ständig umsehend, ging Pinback vorsichtig den Gang hinunter. Man mußte auf den Fremden aufpassen; er war nicht intelligent, aber verschlagen und trickreich – manchmal erinnerte ihn das an Boiler.

Pinback wurde langsamer, als er sich einer Biegung im Korridor näherte, schob sich vorsichtig heran, warf einen schnellen Blick um die Ecke. Nichts . . . plötzlich legte sich etwas um sein Fußgelenk, und er schrie auf. Aber diesmal hatte der Fremde einen Fehler gemacht; während er mit den Klauen fest zugreifen konnte, reichte die Muskelkraft seiner Beine nicht aus, einen Menschen wie Pinback ins Wanken zu bringen.

Der Sergeant drehte sich in der Hüfte um und drosch mit dem Besen auf den Fremden ein.

Zwitschernd ließ der los und bewegte sich schnell den Korridor entlang zurück. Pinback folgte ihm, schlug weiter auf ihn ein. Sie waren etwa auf der Hälfte des Weges zum Aufenthaltsraum des Fremden, als Wasserball offenbar zu der Meinung kam, daß er jetzt genügend eingesteckt hatte.

Aus einer Bewegung heraus hielt er sich plötzlich am unteren Ende des Besens fest und riß ihn Pinback aus der Hand. Unter Ausnutzung seiner Fähigkeit, lange Luftsprünge machen zu können, drang er jetzt, den Besen schwingend, auf Pinback ein, der schreiend davonlief. »Nein, nein! Du Idiot! Au, verdammt!« Plötzlich stolperte er, krachte zu Boden, während der Besen auf seinen Hals und seinen Rücken einschlug.

»Nein! Nein!« Er schlug noch zwei Sekunden blind um sich, bis er merkte, daß der Besenstiel sich nicht mehr bewegte. Er griff danach, sah auf und bekam noch mit, wie der Fremde um eine ferne Biegung des Ganges verschwand.

Er bewegte sich in Richtung der Maschinenräume im hinteren Ende des Schiffes.

Pinback entledigte sich des Besens, dann rannte er dem ungestümen Fremden nach. Ein offener Schacht nach dem anderen enthielt nichts. Er wollte schon umkehren, als er ein vertrautes Zwitschern aus einem der Transportschächte vernahm. Langsam schlich er sich hinein.

Das Zwitschern schien von hinter einer Tür zu kommen, die direkt in einen der Lagerräume führte. Pinback legte eine Hand auf die Klinke, überlegte kurz, daß das Geschöpf genug Intelligenz besessen hatte, die Tür hinter sich zu schließen, und stieß sie auf.

Auf den ersten Blick sah er nichts als alte Maschinen, die hier herumstanden, schwach von einer Notbeleuchtung erhellt. Den Besen fest in der Hand, durchstreifte er den Raum. Das quietschende Geräusch entfernte sich von ihm. Die Umgebung wurde immer dunkler, denn die jetzt kommenden Abschnitte des Schiffes warteten sich automatisch und bedurften keiner Beleuchtung. Es gab für die Menschen keinen Grund, sie aufzusuchen, und wenn, dann mit einer eigenen Lichtquelle.

Pinback fand in einem der Lagerschränke eine große, starke Handlampe, die einen ausreichend dicken Lichtstrahl von sich gab. Damit alle Ecken und Nischen ausleuchtend, bewegte Pinback sich weiter, immer tiefer in die selten besuchte Sektion des Schiffes hinein.

Was er jetzt tat, war absolut verrückt. In diesem Abschnitt des Schiffes hielt sich nie ein Mann allein auf – zuviel gab es hier zu tun, das zwei paar Hände benötigte. Aber da sie seit Jahren in anderen Schiffsabschnitten zu tun gehabt hatten, kannte er sich hier auch nicht mehr aus. Irgendwo verliefen einige Fahrstuhl- und Belüftungsschächte in seltsamen Winkeln hier hindurch, aber mit seiner Lampe bestand keine Gefahr, etwa in einen zu stürzen. Im übrigen verstieß es gegen die Vorschiften, daß er sich überhaupt in diesem Teil des Schiffes herumtrieb. Natürlich konnte er Doolittle nicht erzählen, was geschehen war, und Boiler wagte er es nicht zu sagen.

Von rechts kam jetzt ein Zwitschern, und eiligst leuchtete er in diese Richtung. Die schillernde Haut Wasserballs warf das Licht zurück.

Der Fremde saß in einem kleinen, quadratischen Durchgang. Pinback erkannte den Durchgang nicht gleich, aber als es soweit war, blieb ihm die Luft weg. Der Fremde saß auf einer Schwelle des Noteingangs zum Haupt-Fahrstuhlschacht dieses Schiffsabschnitts.

Vielleicht konnte er ihn in den Raum zurücklocken. Vergeblich stocherte er auf Wasserball ein, der sich plötzlich bewegte – rückwärts, in den Schacht hinein. Pinback ließ sich auf alle viere nieder und kroch schnell nach vorn. Es bestand die Möglichkeit, daß er den Fremden mit dem Besen erreichte, bevor er zu weit hinuntergetrieben war.

Im Scheinwerferstrahl sah er gerade noch, wie Wasserball durch eine Öffnung auf der *anderen* Seite des Schachtes verschwand. Seufzend lehnte Pinback sich zurück. Jetzt war er wirklich in Schwierigkeiten.

Der Fremde streunte in einem der empfindlichsten und am wenigsten besuchten Areale des Schiffes umher. Er konnte dort Schaden größten Ausmaßes anrichten, wenn er nicht sofort eingefangen wurde.

Wie sollte Pinback hinübergelangen? Setzte er den Fahrstuhlkorb in Bewegung, würde man das auf der Brücke registrieren. Boiler und Doolittle würden sofort untersuchen, wozu er, Pinback, den Fahrstuhl brauchte. Und er sah sich außerstande, eine Ausrede zu konstruieren, die Doolittle überzeugte. Doolittle traute ihm in *keiner* Weise, und Boiler würde sowieso ständig kichern.

Also gut, er würde den Fremden zurückholen, ohne daß jemand etwas davon bemerkte oder ihm gar zu Hilfe eilen mußte. Pinback steckte den Kopf wieder in den Schacht, sah hinüber, dann hinunter. Es wäre besser gewesen, wenn es nicht solche Höhenangst in ihm hervorgerufen hätte. Er konnte stundenlang in einem Raumanzug umhertreiben, aber ihm wurde schwindlig, sobald er oben auf einer Leiter stand.

Wie sollte er jemals nach drüben gelangen?

In dem Schacht befand sich keine Notleiter, und der Fahrstuhl war mit zahlreichen Sicherungen versehen, so daß man eine Leiter gar nicht brauchte. Und zum hinteren Teil des Schiffes gab es keinen anderen Weg als über diesen Schacht hinweg.

Mit seiner Lampe in der Hand durchsuchte Pinback wenig später die Lagerräume. Schließlich fand er einen schweren Metallkanister, von dem er sicher war, daß der zähe, aber leichtgewichtige Fremde ihn nicht fortbewegen konnte. Er schob ihn vor den schmalen Durchgang.

Daraufhin eilte Pinback in ihre Quartiere zurück. Zum Glück traf er dort niemanden an. Nach kurzer Suche schon hatte er gefunden, was er brauchte – ein gutes, langes, stabiles Brett, das eigentlich für Schnitzereien oder Werkarbeiten vorgesehen war und jetzt einem praktischen Zweck zugeführt wurde.

Der Kanister war noch immer an seinem Platz, als er zurückkam, und es gab kein Anzeichen dafür, daß der Fremde ihn zu entfernen versucht hatte. Das bedeutete, daß er noch immer auf der anderen Seite war. – Schwitzend bewegte Pinback den Kanister zur Seite. Er spähte durch den dunklen Liftschacht, doch von dem Fremden war noch immer nichts zu bemerken, weder in den finsteren Tiefen noch oberhalb.

Vorsichtig schob er das Brett über die bodenlose Tiefe hinüber, wobei er jegliches Geräusch zu vermeiden trachtete. Seine einzige Besorgnis war die, daß das Brett zu kurz sein könnte, aber es überspannte den Raum zwischen den beiden Schachtöffnungen mühelos.

Es wäre freilich günstiger gewesen, wenn er ein Brett gehabt hätte, das mehr als ein Dutzend Zentimeter über den Rand hinausragte. Es war keine sehr sichere Brücke, aber sie mußte ihre Funktion erfüllen. Und es war viel besser als ein Seil, das benützen zu müssen er eine Zeitlang befürchtet hatte.

Nun, es blieb ihm nichts anderes übrig, als sich auf das Brett zu begeben und hinüberzuhangeln. Es war ganz einfach, überhaupt nicht schwierig. Sein Puls raste.

Komm schon, Pinback, es sind doch bloß ein paar Meter. Du wirst sie hinter dir haben, bevor du es merkst.

Er wechselte die Taschenlampe von der rechten in die linke Hand, dann legte er beide Hände auf das Brett, das in der Dunkelheit schwebte, und drückte ein paarmal scharf und ruckartig nach unten. Es schien ihm fest genug zu sein.

Alles in Ordnung.

Er stützte sich mit den Händen weiter vorne auf dem Brett auf, zog dann die Knie nach. Hände, Knie, Hände, Knie – und dann erreichte er den gegenüberliegenden Schachtrand. Als er endlich drüben ankam und durch die Schachtöffnung auf festen Boden gelangte, war er sehr viel mehr erleichtert, als er sich zugeben wollte.

Er richtete sich in dem Korrdidor auf und nahm in der Entfernung Lichter wahr. Die einzigen Lichter hier konnten nur aus der Gegend der Notschleuse kommen, und das nur, wenn das innere Luftschleusenschott aktiviert war.

Vermutlich war dieser verrückte Wasserball gegen den

Kontaktschalter gerumpelt, der den Schottmechanismus aktivierte. Ein paar weitere Schritte bestätigten seine Annahme. Das Schott stand weit offen, und das Innere der Schleuse war von grellem Licht erfüllt.

Ein plötzlicher Gedanke ließ ihn abrupt innehalten. Der Fremde war offensichtlich innerhalb der Schleuse gefangen. Er hatte sich bis zum letzten Ende des Schiffes zurückgezogen. Aber Pinback hatte den Besen vergessen. Nun, er würde eines Holzsteckens wegen nicht noch einmal über diese Grube balancieren. Wenn er von seiner gegenwärtigen Bewußtseinsverfassung ausging, dann sollte er eigentlich mit seinen bloßen Händen das gleiche erreichen können.

Er verlangsamte seine Schritte, während er sich dem offenen Schleusenschott näherte, ging bis dicht an den Rand der Öffnung heran, sprang hinein, während er die Taschenlampe vor sich hielt und seine Augen in alle Richtungen schweifen ließ.

Ein vertrautes Zwitschern und Glucksen begrüßte ihn. Der Fremde war tatsächlich hier, hielt sich mit diesen offenbar saugfähigen Klauen an der gegenüberliegenden Wand fest. Pinbacks Blick heftete sich augenblicklich auf einen weiteren nahe gelegenen Schalter – denjenigen, der die präparierten Riegel der Notschleuse detonieren lassen und damit einen jeden innerhalb der Schleuse in den freien Raum hinausschleudern würde. – Bis jetzt hatte Wasserball keine Bewegung in diese Richtung angedeutet. Aber wenn er es sich plötzlich in den Kopf setzte – oder wo immer seine Denkapparatur angesiedelt war –, auf den Schalter zu springen, dann mochte sogar sein geringes Gewicht ausreichen, um den Mechanismus

BILDLEGENDEN

Abb. 1 Regisseur John Carpenter, der mit DARK STAR sein Debüt gab und inzwischen mit ASSAULT — ANSCHLAG BEI NACHT und HALLOWEEN zum internationalen Star-Regisseur wurde.

Abb. 2 Die Mannschaft der DARK STAR bei der Arbeit in der Zentrale (von vorne nach hinten): Sergeant Pinback (Dan O'Bannon). Lieutenant Doolittle (Brian Narelle) und Boiler (Carl Kuniholm).

Abb. 3 Astronom Talby (Dre Pahich) hat sich völlig in seine Beobachtungskuppel zurückgezogen und bringt nur noch Interesse für die Wunder des Kosmos auf.

Abb. 4 Die DARK STAR auf ihrer endlosen Reise durch die Galaxis.

Abb. 5 Pinback im Kampf mit seinem rebellischen außerirdischen Maskottchen, dem Alien der DARK STAR.

Abb. 6 Panik in der Zentrale: Eine Bombe hat Pinback den Gehorsam verweigert.

Abb. 7 Lieutenant Doolittle sucht Rat bei der Leiche des verunglückten Kommandanten.

Abb. 8 Boiler und Pinback streiten sich über die Behandlung der aufsässigen Bombe.

Abb. 9 Die DARK STAR im Protonensturm, der die Katastrophe auslöste.

Abb. 10 Doolittle surft als letzter Überlebender auf einem Wrackteil der DARK STAR durch den Kosmos.

CAUTI
LASER

DARK
STAR

auszulösen. Er versuchte sich dem Schalter zu nähern, ohne daß es zu offensichtlich wurde.

»Los, verschwinde von hier«, murmelte er drohend, wobei er seinen Blick ebenso auf den Fremden wie den Notschleusenmechanismus richtete. Er stieß das stumpfe Ende der Taschenlampe mehrmals in Richtung auf den Fremden. Das Geschöpf blieb unbeeindruckt und rührte sich nicht vom Fleck.

»Raus!« schrie Pinback. Der Fremde sprang, aber nicht auf den gefährlichen Schalter zu, sondern direkt auf Pinback. Er hätte eigentlich darauf vorbereitet sein müssen. Er war es nicht.

Diesmal griff er Pinback nicht mit seiner ätzenden Flüssigkeit an. Er streifte ihn nur leicht im Vorüberflug, wobei Pinback eine Spur der ätzenden Wirkung abbekam, und das war bereits mehr als genug, um ihn hinreichend abzulenken. Dann flog er aus dem Schott hinaus, sprang den Weg zurück, den sie beide gekommen waren.

Vielleicht war es jetzt an der Zeit, nach Hilfe zu rufen. Schließlich hatte das Ungeheuer sich ihm zweimal mit erkennbar feindseligen Absichten genähert. Es mußte nun zweifellos als feindselig eingestuft werden, entgegen seinem früheren, die Harmlosigkeit dieses Wesens herausstreichenden Bericht. Im nachhinein wurde ihm klar, wie naiv er gewesen war.

Was für ein Feigling bist du eigentlich, Pinback? Fürchtest du dich tatsächlich vor . . . ein bißchen fremdem, ätzendem Speichel?

»Komm sofort wieder zurück!« schrie er hinter dem Kugelwesen her und machte sich an seine Verfolgung.

Es gelang ihm tatsächlich, die Entfernung zwischen ihnen zu verringern. Aber es reichte nicht aus. Als er die Öffnung zum Luftschacht erreichte, beugte er sich rasch nach vorn, starrte hinein – und sah, wie das Brett über die schwarze Kluft hinweg entschwand, von zwei beschäftigten Klauenfüßen weggezogen wurde.

»Nein . . . nicht das . . .« Wasserball imitierte wieder einmal menschliches Verhalten.

V

So verharrten sie – der Mensch auf der einen, der Fremde auf der anderen Seite. Der Fremde zwitscherte vergnügt, schien den abwechslungsreichen Nachmittag offensichtlich zu genießen Er *sah* nicht ösartig aus. Pinback mußte jedoch feststellen, daß er den Fremden längst nicht mehr unvoreingenommen betrachten konnte.

Er hielt den Atem an und überlegte. Das war das Ende. Jetzt würde er zur Notschleuse zurückgehen müssen, um den Interkom zu aktivieren und entweder Boiler oder Doolittle zu bitten, ihm den Lift herunterzuschicken. Von hier aus hatte er keine Möglichkeit, den Lift selber herunterzuholen.

Er starrte durch den Schacht hindurch zu dem Fremden hinüber. Er hockte noch immer auf dem Rand der Öffnung, bebte erwartungsvoll und zwitscherte zu sich selbst. Pinback beäugte ihn und dachte unfreundliche Gedanken.

Das würde er niemals ertragen können. Niemals. Boiler würde es ihn nie vergessen lassen. Wenn er es irgendwie vermeiden konnte, um Hilfe zu rufen . . . aber wie?« Was blieb ihm noch übrig?

Das Brett war weg, und lange Holzbretter lagen nicht zufällig im Schiff herum. Wenn es eine andere Möglichkeit gab, durch den Schacht nach drüben zu gelangen . . .

Aber sicher . . . Er lehnte sich vor, sah hinab und verfolgte den schmalen Sims, der rund um die Innenwände lief Er war nur ein paar Zentimeter breit, aber er würde sein Gewicht ohne weiteres aushalten, da er fest in die Wandung eingelassen war.

Wenn er sich vorsichtig bewegte, einen Schritt nach dem anderen machte, dann sollte der Sims eigentlich ein gangbarer Weg nach drüben sein.

Etwas schneller atmend als gewöhnlich kletterte er durch den Durchgang ins Innere, wandte sich nach oben und hielt sich mit beiden Händen in der Öffnung fest. Mit einem Fuß überprüfte er die Tragfähigkeit des Simses.

Wenig später stand er auf dem Vorsprung, den Körper fest gegen die Wand gepreßt, die Hände ausgestreckt und mit den offenen Handflächen nach innen.

Er sah nur einmal nach unten.

Wenn es ihm jetzt noch gelang, über die erste Ecke hinwegzukommen . . . Er versuchte, einen Halt an den glatten Metallwänden zu finden und wünschte sich, seine Gliedmaßen wären ähnlich saugfähig wie die des Fremden, wagte schließlich den ersten Schritt über die Ecke. Dann zog er den anderen Fuß nach, und damit hatte er fast die Hälfte des Weges hinter sich.

Teufel, war das einfach! Der Wasserball gab kullernde Laute von sich, und Pinback fühlte sich sicher genug, um ein drohendes Fäusteschütteln gegen ihn zu wagen.

»Idiot! Wenn ich hier herauskomme und dich wieder in deinem Raum habe –«

Eine Stimme unterbrach ihn scharf, und er sah sich verwirrt im Liftschacht um.

»Achtung, Achtung.« Eine sanfte und weibliche

Stimme – es war wieder der Computer. »Der zentrale Liftschacht ist jetzt aktiviert. Jegliches Personal wird gebeten, den Schacht zu verlassen.«

Da war ein Klicken, ein grelles Aufflammen, und plötzlich tat sich der Schacht über und unter ihm in voller Beleuchtung auf. Er konnte jetzt genau sehen, wie hoch er war, wie tief er war, und wo im Verhältnis zu diesen beiden Extremen er gefangen war. Er schrie. Es war alles in Ordnung, solange man nicht hinabsehen und einen Boden sehen mußte, aber jetzt . . .

Doch seine Furcht wich rasch der Wut.

»Doolittle . . . Boiler, Talby. Ich bin hier drin, ihr Idioten! Im Schacht. Warum spielt ihr mit dem Lift herum? Stellt ihn ab, stellt . . .!«

Seine Stimme verlor sich. Es gab absolut keinen Grund für Doolittle, den Lift zu aktivieren. Es gab keinen Grund für Boiler, den Lift zu aktivieren. Und selbst wenn Talby einen Grund dafür gehabt hätte, hätte er sich niemals die Mühe dazu gemacht. Das führte ihn zu der offensichtlichen Erklärung: Es war zu einer weiteren Fehlfunktion gekommen, vermutlich ausgelöst duch seine eigene Gegenwart im Schacht.

Er lehnte sich zurück gegen das kühle Metall, schloß die Augen und kämpfte gegen seine zuckenden Muskeln an. Hier konnte er nicht bleiben. So oder so, er mußte sich bewegen. Wenn er nicht wollte, daß der sich herabsenkende Lift ihn von der Wand ablöste wie die Haut eines sonnenverbrannten Rückens.

»Hilfe!« schrie er erneut. »Hilfe!«

Jetzt hör auf und spar dir deinen Atem, Pinback. Hier ist keiner, der dich hören kann, und niemand wird kommen, um dich zu retten. Du mußt es schon selbst schaffen.

Er hatte die Schleusenöffnung auf der anderen Seite fast schon erreicht, aber sie war noch immer von der zwitschernden Gestalt des Fremden besetzt. Er achtete darauf, daß ihm sein linker Fuß genug Halt gab, und trat mit dem rechten nach dem Fremden, versuchte, das Geschöpf in den Raum dahinter zurückzutreiben.

Der Fremde sprang wild in der Öffnung auf und nieder, offensichtlich erregt, aber nicht stark genug getroffen, um verletzt zu sein. Pinback trat erneut nach ihm und fügte ein paar Flüche hinzu, um die Wirkung zu verstärken.

»Verschwinde schon, du. Los, raus hier, beweg dich, du widerliches, blödes . . .«

Das Geschöpf gab ein heftig schnackelndes Geräusch von sich und sprang – aber nicht zurück, sondern in den Schacht hinein. Es landete auf Pinbacks Brust und versuchte ihn mit Hilfe seiner kleinen Klauen zu kratzen. Obwohl nur wenig Kraft dahinterlag, war es reichlich unangenehm.

»Nein, nein!« Er schlug hysterisch mit beiden Händen nach ihm, versuchte das Geschöpf von sich zu lösen, ohne sein Gleichgewicht zu verlieren. Lange konnte das nicht mehr gutgehen. Wenn es seine Augen erwischte . . .

Irgendwie gelang es ihm, sich auf dem schmalen Sims zu drehen. Jetzt stand er so da, daß er Bauch und Gesicht gegen die Wand preßte. Die plötzliche Drehung hatte bewirkt, daß sich der Fremde für einen Augenblick gelöst hatte. Er war einfach abgesprungen, um dann wieder auf ihm zu landen, diesmal auf seiner rückwärtigen Schulter.

»Weg, verschwinde!«

Pinback schlug noch immer mit wenig Erfolg nach dem Wasserball aus, bewegte sich sodann vorsichtig nach rechts. Vielleicht würde das Ding von ihm ablassen, wenn er sich wieder zur anderen Liftschleuse begab. Er machte einen weiteren Schritt, verkrümmte seinen Rükken etwas und führte einen kräftigen Schlag mit seiner rechten Hand. Gleichzeitig startete der Wasserball einen besonders heftigen Angriff auf seine rechte Seite.

Ein lauter, schriller Schrei ertönte – von Pinback –, während er ausglitt. Er konnte sich gerade noch am Sims mit beiden Händen auffangen, während er schon im Fallen war. So hing er schließlich unsicher über der scheinbar bodenlosen Tiefe. Nun, sie war alles andere als bodenlos. Aber der feste Boden war zu weit entfernt, als daß er es hätte wagen können, sich fallen zu lassen.

Er versuchte, mit einem Fuß wieder auf den Sims zu gelangen, indem er mit seinem Körper hin- und herschwang, doch blieb sein Unterfangen zunächst glücklos.

Der Fremde war im Augenblick des Sturzes abgesprungen und hockte jetzt wieder gemütlich in der Schleusenöffnung. Er schien Pinback mit einem gewissen Interesse zu beäugen, in seiner unbekümmerten Art zuckend und zwitschernd.

Pinback hatte keine Schwierigkeiten damit, sich festzuhalten – er hatte in seiner Schulzeit aktiv und erfolgreich Sport betrieben. Zweifellos würde es ihm bald gelingen, sich wieder auf den Sims zurückzukämpfen. Das dachte er zumindest, bis er diesen erschreckend vertrauten leichten Druck auf seinen Schulterblättern spürte.

»Nein . . . oh, nein . . . Ich will nicht mehr spielen. Weg. Hau endlich ab!«

Das Gewicht des Fremden spielte keine Rolle. Seine Aktivitäten waren da schon viel gewichtiger. Nachdem er entsprechenden Halt gefunden hatte, begann er Pinbacks Seiten an ihren empfindlichsten Stellen zu bearbeiten. Der Sergeant begann zu schreien, doch sein Schreien mündete in unkontrollierbares Lachen. Nur gelegentlich mischte sich in das Gelächter ein Hilfeschrei.

»Halt . . . n-n-nicht! Das ist nicht . . . w-witzig!« Der Fremde setzte sein gnadenloses Kitzeln fort.

Eigentlich konnte er gar nicht wissen, was er tat – Pinback konnte sich nicht daran erinnern, jemals in der Gegenart des Fremden gekitzelt zu haben oder gekitzelt worden zu sein. Möglicherweise hatte er jedoch etwas vergessen.

Ihm blieb nun feilich keine Zeit dazu, die Möglichkeiten einer sorgfältig getarnten fremden Intelligenz abzuwägen, die plötzlich an die Oberfläche kam. Das Kitzeln schwächte ihn in einer Weise, wie es das freie Hängen an ausgestreckten Händen nicht vermochte. Eine mechanische Stimme hallte durch den Schacht. »Achtung, Achtung . . .«

Pinback stieß einen gurgelnden Laut aus.

»Der Lift fährt jetzt abwärts im Rahmen der in jeder Wochenmitte stattfindenden Leistungsüberprüfung. Bitte den Schacht räumen.«

»Du verrücktes Sammelsurium von kurzgeschlossenen Stromkreisen – wir haben jetzt nicht Wochenmitte.«

»Ihre freundliche Bereitschaft zur Kooperation wird sehr geschätzt.«

Pinback starrte mit einem irren Blick nach oben. Sein Lachen und sein Halt an dem schmalen Sims wurden zunehmend schwächer. Da war ein kaum hörbares Klikken, gefolgt von einem leisen Heulen, das langsam näher kam. Über ihm wurde ein glattes weißes Rechteck sichtbar – der Boden des langsam herunterschwebenden Lifts. Seine Augen weiteten sich. »Zum Teufel aber auch!« Tränen lösten sich aus ihnen, teils durch das Lachen, teils durch die Verzweiflung.

Er riß alle Kräfte zusammen, und irgendwie gelang es ihm, beide Arme gleichzeitig auf den Sims zu bringen. Das wiederum schien auf ungeklärte Weise eine Sinneswandlung des Wasserballs zu bewirken. Ob ihn das Kitzeln nun langweilte, oder ob er enttäuscht darüber war, daß Pinback sich noch immer nicht hatte fallen lassen – aus einem Grund, der möglicherweise nur lebenden Wasserbällen verständlich war, stieß sich das Geschöpf ab und sprang in die Schleuse zurück.

Mit einem leisen Heulen, das das zufriedenstellende Funktionieren aller Komponenten verriet, senkte sich der Lift weiter herab, ein großer weißer Fuß, der herabkam, um Pinback zu zerquetschen.

Er mühte sich verzweifelte, bekam seinen Fuß, dann sein rechtes Bein zurück auf den Vorsprung. Da der Fremde sich entschieden hatte, ihn in Ruhe zu lassen, kehrte seine Kraft zurück. Es gelang ihm unter größten Anstrengungen, sich wieder hochzuziehen, bis er schließlich auf dem Sims stand, die Hände gegen die Wand gepreßt.

Er machte soeben einen ersten Schritt in Richtung auf die Schleusenöffnung zu, als der Lift sein Gesicht berührte – und anhielt. Da er einen Widerstand festgestellt hatte, würde der Lift eine Sekunde lang anhalten, um sich dann stückweise weiterzubewegen, sofern er nicht auf einen festen Widerstand traf. Pinbacks Körper aber würde keinen in diesem Sinne festen Widerstand darstellen.

In langsamen Rucken würde ihn der Lift von seinem Sims herunterblättern.

Während er das überlegte, fiel der Lift einen weiteren Zentimeter herab, drückte sein Gesicht herunter und stieß ihn so zurück, daß er rückwärts gekrümmt in dem Schacht hing. Ein weiterer Ruck, und es würde ihm nicht mehr möglich sein, seine Balance zu halten.

Unweit seines herabgedrückten Gesichtes entdeckte er eine metallene Querstange, die am Liftboden befestigt war. Verzweifelt griff er danach, erreichte sie gerade noch mit einer Hand, als der Lift wieder ein Stück fiel.

Er schwang in die Schachtmitte hinein, faßte mit seiner zweiten Hand nach, und schwebte frei in der Luft, während der Lift wieder ein Stück abwärts glitt. Spätestens dieser letzte Ruck hätte ihn in den Schacht hinabstürzen lassen. Seine gegewärtige Lage bedeutete noch lange nicht seine Rettung, aber es war sehr viel besser, als mit gebrochenen Gliedern fünfzig oder sechzig Meter tiefer zu liegen.

Ein sanftes Klicken, die Tonhöhe des leise heulenden Motors veränderte sich, und er fühlte sich angehoben, während der Lift wieder nach oben schwebte. Er hatte die vage Hoffnung gehegt, daß der Lift sich weiter hinabsenken würde, bis er sich risikolos fallen lassen konnte. Jetzt konnte er es nicht mehr wagen.

»Hilfe . . . in Gottes Namen, warum hilft mir keiner?«

Natürlich wurde er von niemandem gehört. Und die Fehlfunktion des Lifts hatte sicher nicht einmal ein rotes Warnlicht im Kontrollraum ausgelöst, so daß auch niemand nach hier unten eilen würde, um es zu überprüfen.

Er fragte sich, was der verdammte Lift wohl als nächstes unternehmen würde. Wie lange dauerten diese automatischen Funktionsprüfungen überhaupt an? Der Lift konnte doch nicht für immer auf- und abschweben – bis jetzt deutete freilich nichts darauf hin, daß die Sache bald aufhören würde.

Es war keine Spur von Logik damit verbunden. Gleich der übrigen Instrumentation der *Dark Star* funktionierte alles in einer typisch zufälligen Weise.

Was den Fremden anging – er sah hoch, und wenn er seinen Körper entsprechend verrenkte, vermochte er am Rand des Lifts vorbeizusehen. Da blitzte kurz etwas Rotes auf, offenbar der Wasserball, der den Schacht mühelos wieder räumte. Er verließ den Schacht durch die Schleusenöffnung auf der anderen Seite, und als Pinback in dieser Höhe vorbeischwebte – mit ihrer offenen, für ihn jedoch unerreichbaren Schleusenöffnung –, sah er, wie der Fremde nach dorthin zurückhüpfte, wo er ihn gestört hatte. Zurück zur Notschleuse.

Imitierende Geschöpfe haben noch etwas mit dem Menschen gemeinsam – sie sind ungemein neugierig. Die Gegend, aus der Pinback den Fremden hatte vertreiben wollen, übte offenbar eine besondere Anziehungskraft auf Wasserbälle aus. Jedenfalls richtete sich die

Neugierde des Wasserballs nicht mehr auf Pinback, der hilflos im Schacht hinter ihm baumelte.

Der Raum war zweifellos sehr interessant, obwohl nicht beschrieben werden kann, wie der Fremde ihn eigentlich sah. Er war voll von Kontrollbords, Schaltern, blinkenden Lichtern, fünf nebeneinander aufgereihten Raumanzügen.

Der Wasserball untersuchte eines nach dem anderen, hüpfte über Regale und Pakete mit Nahrungskonzentraten hinweg und berührte sogar den Schalter, über den Pinback so sehr ins Schwitzen geraten war – dessen Betätigung die Sprengung der äußeren Schleusentür verursacht hätte.

Der Fremde entschied sich jedoch dafür, nicht mit diesem Schalter zu spielen. Seine Aufmerksamkeit richtete sich vielmehr auf eine teilweise Öffnung in der Wand, wo eine Schutzplatte sich gelöst hatte und nun an einer letzten Schraube hing. Ein interessantes Summen kam von innerhalb der Öffnung, und da war ein häßlicher dunkler Fleck auf der Außenseite der gelösten Platte, wo sie erst kürzlich angesengt worden war.

Und aus dem Inneren schimmerte ein reizvolles Licht.

Der Fremde konnte auch nicht lesen, daher bedeuteten ihm die in die Platten eingeätzten Buchstaben nichts weiter als noch ein paar Flecken roter Farbe. Da war eine Menge Kleingedrucktes und zwei große rote Flecken, die besagten:

VORSICHT . . . LASER.

Der Wasserball sprang ab und befestigte sich an der Wand vor der gelösten Platte. Das Wesen spähte ins Innere – was immer es dabei als Augen benutzen mochte.

Zwei intensiv rote Lichtstrahlen blitzten tiefer in das dunkle Innere hinein, noch immer beständig, Länge und Richtung noch immer präzise einhaltend. Sie gingen von einem komplizierten Instrument aus, das sich nahe der Schleuse befand.

Wäre der Wasserball mit Raumschiffskonstruktionen nur ein wenig vertraut gewesen, so hätte ihm sofort auffallen müssen, daß die Verbindung zwischen dem lichterzeugenden Instrument und seinem Fundament nicht mehr stabil genug war. Er veränderte seine Stellung an der Wand, langte mit beiden Klauen hinein, berührte, tastete, versuchte auf diese handgreifliche Weise mehr über das Ding herauszufinden, das in den hübschen Lichtern endete.

Das präzise ausgerichtete Instrument bewegte sich leicht in seinen lockeren Befestigungen. Da war ein greller Funken, ein zuckendes Aufblitzen. Der Wasserball japste vor Schmerzen und sprang zurück, verschwand blitzschnell hüpfend aus der Schleuse.

Ein paar einzelne Rauchfetzen kamen nun aus dem dunklen Inneren, begleitet von den seltsamen Geräuschen elektrischer Entladungen. Es schien kaum bedeutsam zu sein.

Wie alles andere auf der *Dark Star*, war auch dieses äußere Erscheinungsbild trügerisch . . .

Boiler war in die Erinnerungen an ein Football-Spiel versunken, das vor vielen Jahren auf der Erde stattgefunden hatte. Er hörte nichts und sah nichts von dem Alarm, der über den Bildschirm hinter ihm blitzte . . .

Talby blinzelte. Er hatte sich erneut dem Sternenträumen hingegegen. Offenbar redete gerade jemand auf ihn ein. Er nahm entfernt wahr, wie Doolittle ihm vom Wellenreiten erzählte und dem unbeschreiblichen Glück, das man dabei empfinden konnte.

». . . eine Sekunde zu langsam, und das Wasser holt dich ein, reißt dich hoch, wirbelt dich herum und wirft dich irgendwo auf den Strand zurück. Ich sage dir, Talby, es gibt nichts, was sich damit vergleichen läßt. He, wie findest du das, Talby? Talby? Talby?«

Talby war in die Betrachtung von Worten und Zahlen versunken, die sich auf seinem kleinen Konsolenbildschirm bildeten und wieder auflösten.

. . . SYSTEMZUSTAND MÖGLICH COMP 47308 . . . FEHLFUNKTION MÖGLICH PRIMÄRES . . . SEKUNDÄRES PRIORITÄTSVERLANGEN . . . 1-2-3-4-5-6-7-8-9-10-MAX . . . SCHALTKREISAUSFALL MÖGLICH . . .

Die letzten Worte verschwanden vom Bildschirm. Der Schirm blieb leer. Das bedeutete, daß der Schiffscomputer an dem Problem arbeitete, worin immer es bestehen mochte. Was immer sich ereignet hatte, das Gehirn der *Dark Star* schien die Sache unter Kontrolle zu haben.

Ein neuer Stern schob sich langsam in sein Gesichtsfeld, und er wandte ihm seine ganze Aufmerksamkeit zu.

Sowenig die Mannschaftsmitglieder ihren Kommunikationsbildschirmen Aufmerksamkeit schenkten, sowenig achteten sie auf das, was im Inneren des Schiffes vor sich ging. Keiner von ihnen hörte das leise Klicken, das im größten Raum innerhalb des Schiffs laut wurde.

Keiner von ihnen sah die Türen im Schiffsbauch zurückgleiten, wie sie es schon so oft getan hatten. Ein langer magnetischer Greifer glitt hinunter zusammen mit einem vertrauten länglichen, numerierten Umriß. Noch sahen sie, wie die nächste Serie von Wörtern über jeden Schirm an Bord des Schiffes lief.

. . . BOMBENABWURFSYSTEME AKTIVIERT . . .

Eine große 20 war seitlich an dem länglichen Umriß zu sehen. Der thermostellare Auslösemechanismus Nummer zwanzig wußte, daß dies alles nicht zum ersten Mal mit ihm geschah. In sein kurzes Leben waren weitreichende Gedächtniskapazitäten einprogrammiert.

Und dabei hätte es nicht sein dürfen, daß dieser Vorgang schon einmal abgelaufen war. Er war nur für einen einmaligen Ablauf programmiert, und jetzt durchlief er diese Sache bereits zum zweiten Mal. Die Bombe ging die Gedächtnisbänder durch und fand keine Erklärung dafür.

Nummer zwanzig war verständlicherweise verwirrt.

»Schiffscomputer ruft Bombe Nummer zwanzig. Du hast schon wieder deinen Ankerplatz verlassen. Das ist unkorrekt.«

»Ich habe erneut das Signal empfangen, daß der Abwurf bevorsteht«, erwiderte die Bombe.

Das Gehirn der *Dark Star* schien zu zögern. Überprüfung und Korrelation – ach ja, hier lag die Schwierigkeit.

»Es hat sich eine weitere zusätzliche Fehlfunktion im Kommunikationslasersystem ergeben, die noch nicht behoben werden konnte. Das Systemversagen, das deinen ersten irrtümlichen Auslauf verursachte, konnte nicht voll kompensiert werden. Dadurch hat dein Auslaufsystem erneut eine nicht zutreffende Anweisung erteilt. Ich wiederhole. Es findet kein Bombenauslauf statt.«

»Das hört sich alles sehr plausibel an . . . aber trotzdem, ich habe das Auslaufsignal empfangen.«

»Wie bereits festgestellt, wurde das Signal irrtümlich erteilt.«

»Oh, das möchte ich nicht schon wieder hören«, murmelte die Bombe. Eine entschiedene Note der Ungeduld mischte sich in ihren sonst indifferenten Ton. Je länger sich die Bombe unterhielt, desto größer wurde die Gefahr, daß ihre ziemlich einfachen Logikschaltkreise sich zunehmend verwirrten.

»Ich befehle dir, an deinen Ankerplatz zurückzukehren.«

»Ich mag aber nicht.«

Der Schiffscomputer entschied, daß vielleicht eine direktere Maschine-Maschine-Annäherung erfolgversprechender war.

»Wenn du nicht sofort zurückkehrst, befindest du dich in direktem Widerspruch zum Primärgesetz, das in bezug auf die Beziehungen zwischen Zentralcomputer und subordinierten Computern Gültigkeit hat.«

»Da fürchte ich mich aber«, sagte die Bombe.

»Wir haben keine Zeit, jetzt länger über diese Angelegenheit zu debattieren«, entgegnete der Schiffscomputer. »Ich werde jedoch gern alle Einzelheiten ausführen, wenn du zu deiner Anlegestelle zurückkehrst.«

»Mhm.«

»Ich bef . . .« Der Computer zögerte eine Mikrosekunde lang. »Ich empfehle dir dringend, zu deinem Ankerplatz zurückzukehren.«

»Das widerspricht meiner jetzigen Programmierung.«

Das Gehirn der *Dark Star* verriet nun zum erstenmal etwas von den Gefühlen, die es selbst hegte – wenn es für ein mechanisches Bewußtsein überhaupt möglich ist, Verzweiflung auszudrücken.

»Wiederhole. Bei einem Laser des Kommunikationssystems ist ein Schadensfall eingetreten. Der gleiche Zwischenfall hat außerdem zeitweise den Suchschaltkreis desaktiviert, der notwendig ist, den Schaden ohne manuelle Hilfe zu lokalisieren. Bis eine solche Hilfe nicht gewährt wird, bin ich nicht in der Lage, den Schaden aufzuklären, aber es ist sicher, daß du ein falsches Signal erhalten hast.«

Eine lange Pause. Dann stimmte die Bombe schließlich zu, wenn auch nur zögernd.

»Na schön – aber es ist wirklich das letzte Mal.«

Wieder das Summen. Bombe Nummer zwanzig glitt gehorsam an ihrer Magnetscheibe in den Bauch der *Dark Star* zurück. Die Schleusentüren schlossen sich lautlos hinter ihr.

VI

Talby hatte seinen neuen Stern katalogisiert. Eine ganz neue Gruppe schien ein paar Grad nördlich ihres Kurses aufzukommen, aber er konnte dessen noch nicht sicher sein. Es war besser, noch ein paar Minuten zu warten.

Er hätte die Beobachtung auch mit dem Kuppelteleskop bestätigen können, aber das war nur für das Vergnügen, für die nähere Betrachtung, wenn die grundlegende Arbeit getan war.

Bereits jetzt das Teleskop einzusetzen, hätte eine Herabsetzung seiner Arbeit bedeutet.

Es würde noch ein paar Minuten dauern, bis die mögliche Sternenansammlung optisch trennbar wurde. Sein Blick glitt suchend über den Sichtschirm. Dann richtete sich der Astronom ein wenig auf, zwang seine Gedanken aus einer Entfernung zurück, die nur in Parseks zu messen war.

Was jetzt auf dem Bildschirm erschien, war eine Zahlenreihe, aber sie stellte eine Sprache dar, die Talby besser verstand als seine Muttersprache.

»Doolittle, ich habe hier eine Fehlfunktion angezeigt, aber es ist nicht auszumachen, worin sie besteht.«

Doolittel summte mit glänzenden Augen ein Lied vor sich hin, das von Wellenreiten und Sonnenschein handelte.

»Lieutenant Doolittle!« sagte Talby mit fester Stimme.

Doolittle blinzelte. »Hmmm? Fehlfunktion? Mach dir keine Sorgen darum, Talby. Das haben wir jetzt dauernd.

Wir werden herausfinden, was nicht stimmt, wenn die Sache schwerwiegend genug wird, daß sich das Schiff beschwert – oder wenn es seine Funktion einstellt.«

Pinback schrie. Der Lift schwebte erneut den Schacht aufwärts. Gerade als er dachte, er würde weit genug nach unten gehen, daß er abspringen konnte, machte er klick und fuhr wieder nach oben.

Welcher zufällige Schaltkreis für die Kontrolle des Lifts während dieser verrückten »Überprüfung« auch immer zuständig war, schickte ihn ohne jeden Grund und ohne jede Regelmäßigkeit hinauf und hinab. Der sprunghaften Folge von Auf und Ab lag kein Muster zugrunde.

Es befand sich eine normale Lifttür in Höhe der Zentralebene, aber sie war natürlich geschlossen, solange der Lift in Fahrt war. Jedesmal, wenn er daran vorbeikam, versuchte Pinback mit seinem Körper hinüberzuschwingen und der Tür mit einem kräftigen Tritt zuzusetzen. Wiederholte Versuche dieser Art mochten vielleicht wenigstens ein Notsignal auszulösen.

Er brauchte nicht lange dazu, seine Furcht davor zu überwinden, in einer solchen Lage aufgefunden zu werden. Das war immer noch besser, als tot auf dem Schachtboden entdeckt zu werden. Boiler würde vermutlich darüber noch lachen, dachte er grimmig.

Es gab ihm neue Stärke, um sich weiter festzuhalten. Er hielt die Stange noch immer fest umschlossen, aber unbegrenzt lange konnte er sich auf diese Weise trotzdem nicht halten. Was taten Boiler und Doolittle eigentlich? Jemand hätte ihn eigentlich mittlerweile vermissen müssen.

Nein, das war extremes Wunschdenken. Die Privatsphäre war die am meisten gehütete Sache an Bord der *Dark Star,* niemand belästigte den anderen, solange nicht eine Tätigkeit anstand, die seine Gegenwart erforderte. Boiler und Doolittle mochten über seine Abwesenheit erstaunt sein, aber sie würden deshalb noch lange nicht annehmen, daß etwas nicht stimmte.

Es sah so aus, als würde er abschätzen müssen, wann der Lift seinen niedrigsten Punkt erreicht hatte, um sich dann fallen zu lassen . . . und zu hoffen, daß er den Aufprall möglichst heil überstehen würde. Dann blieb aber noch immer die interessante Frage, was zu tun war, wenn sich der Lift schließlich doch noch dafür entschied, bis zum Boden des Schachts hinabzugehen. Er mochte den Sturz ohne Blessuren überstehen, nur um anschließend auf dem Schachtboden zerquetscht zu werden.

Es schien ihm jedoch nicht wahrscheinlich zu sein. Bis jetzt hatte sich der Lift nicht unter einen Bodenabstand von etwa zwanzig Metern begeben.

Was noch immer entschieden zu hoch war, als daß Pinback einen Absturz hätte riskieren können, von einer allerletzten Verzweiflungstat abgesehen. Er sah nach oben, untersuchte den Liftboden. Sein Blick verharrte auf einer kleinen Platte etwas rechts neben der Bodenmitte. Sie schien leicht über die übrige Metallfläche hinauszustehen.

Vier einfache Flügelschrauben waren alles, was sie an ihrem Platz hielt. Natürlich – ein Notausstieg!

Er verfluchte sich selbst als den Vollidioten, der er war,

und sammelte Kraft für sein nächstes Vorhaben. An einem Arm hängend, schlug er mit der anderen Hand auf die erste Flügelschraube ein. Ein paar Drehungen, und sie löste sich. Sie schlug mit Nachhall auf dem Schachtboden auf.

Lange konnte er es in dieser Position nicht mehr aushalten. Er mußte sich eine Zeitlang wieder mit beiden Armen festhalten, bevor er sich wieder stark genug fühlte für den nächsten Versuch.

Er spannte seinen Arm an, schwang sich hinüber und arbeitete an der zweiten Schraube. Sie löste sich erfreulich rasch.

Der Lift schwebte wieder hoch. Sein Arm fühlte sich wie das herausgeschnittene Stück aus einem alten Reifen an. Lange hielt er das nicht mehr aus. Er begann mit der dritten Schraube. Er hatte sie bereits halb heraus, als sie zunehmenden Widerstand bot. Er mußte von ihr ablassen und wieder mit beiden Armen zur Eisenstange zurück.

Er schaffte es nicht. Aber die vierte Schraube gab schon beim ersten Anstoß nach. Die Platte hing jetzt lose vom Liftboden weg, nur noch von einer einzigen Schraube gehalten. Wütend griff er erneut nach ihr, drehte sie einmal, zweimal . . . sie löste sich, sofort gefolgt von der Platte, die gegen seinen Kopf und seine Schulter schlug und ihn fast losriß.

Er holte tief Atem – seine Stärke reichte gerade noch aus, es einmal zu versuchen –, und er schwang frei an seinem rechten Arm. Mit dem anderen langte er nach oben und in den Lift hinein, suchte einen festen Halt im Inneren. Eine Minute später hatte er beide Arme innerhalb – innerhalb des warmen, gemütlichen, vertrauten Lifts.

Er war gerettet.

Sich auf dem Boden abstützend, zog er seinen Oberkörper nach. So verblieb er ein paar Sekunden, holte Atem, ohne sich weiter vor einem Abgleiten fürchten zu müssen, und stieß sich erneut ab – ohne Erfolg.

Seine Augen weiteten sich ein wenig.

Er hing fest.

Er drehte sich, ruckte und zog, aber entweder waren seine Arme so schwach, daß sie ihn nicht mehr hindurchzuzwingen vermochten, oder – und das war entschieden wahrscheinlicher – seine Hüften waren so massig, daß er auch mit dem größten Aufwand nicht mehr freikommmen würde.

Nein, er befand sich in einer sicheren Falle – es sei denn, er entschied sich dafür, wieder nach *unten* auszuweichen, und damit wieder von vorn zu beginnen.

Was nicht viel Sinn hatte. Halb festzustecken, schien ihm immer noch besser zu sein, als ganz zu fallen. Nun war er wenigstens sicher. Er konnte sich entspannen und sich überlegen, wie er aus dieser Sache vollends herauskam. Er hatte jetzt jede Menge Zeit.

Es sei denn, erinnerte er sich, daß der Lift sich plötzlich entschied, bis ganz nach unten zu fahren. Er würde nicht stürzen, aber seine Beine würden sauber pulverisiert werden. Vielleicht würde es ihn auch ins Innere des Lifts stoßen, aber er wußte nicht, wie wahrscheinlich das war. Er malte sich bildhaft aus, wie seine Beine langsam unter ihm zermalmt wurden, und er sah verzweifelt um sich.

Da sollte doch – ja, da war es, ein roter Telefonhörer an

der Innenwand, nahe der Ausgangsseite des Lifts. Der Hörer hing direkt neben der Bedienungsleiste; und niedriger, als eigentlich zweckmäßig erschien. Endlich schien einmal etwas mit Rücksicht auf die Schwierigkeiten geplant zu sein, in die er geraten war.

Er lehnte sich hinüber, bis er das Gefühl hatte, der Metallboden würde ihn in zwei Hälften schneiden, und streckte seine Hand danach aus. Er streckte und reckte sich, kämpfte um jeden Millimeter.

Das Telefon blieb außerhalb seiner Reichweite.

Währenddessen fuhr der Lift mit seinem sinnlosen Auf und Ab fort. Es war furchtbar gewesen, an seinen Armen zu hängen, während er jeden Augenblick erwarten mußte, auf dem Boden zu zerschmettern. Jetzt war sein Körper sicher, und er fühlte sich weit unsicherer als zuvor. Da er nicht mehr nach unten sehen konnte, konnte er auch nicht wissen, ob er Meter oder Millimeter davon entfernt war, gegen den Schachtboden gequetscht zu werden.

Irgendwie gelang es ihm, sich einen Zentimeter oder mehr nach oben zu arbeiten – gerade genug, um den Hörer von der Gabel zu stoßen. Das Atmen fiel ihm jetzt schwerer als zuvor.

Aber er hatte das Telefon. Während er es an sich heranzog, dacht er wieder an Doolittle und Boiler und ihre mutmaßliche Reaktion, wenn er sie anrief.

Er konnte sich eine entsprechende Ausrede zurechtlegen. Er mußte nicht notwendigerweise zugeben, daß er den Fremden hatte entkommen lassen. Es mochte sich nicht allzulogisch anhören, aber er würde es schon richtig machen, bei Gott! Ja, er würde es ganz kühl und bedächtig vortragen, sich ganz gelassen geben, und sie würden seine Erklärung einfach akzeptieren müssen.

Das alles kam später. Im Augenblick bebte er noch in unverhüllter Furcht. Da war das vertraute Klicken; er spürte, wie der Lift wieder hinabschwebte und stellte sich seine Beine als eine Masse von Knochensplittern vor. Das »Hilfe!«, das er direkt in den Hörer schrie, kam sehr laut heraus.

Er bekam, was er nie erwartet hätte, eine sofortige Antwort. Aber es war nicht die, auf die Pinback gehofft hatte.

»Es tut mir leid«, gestand eine mechanische Stimme, die der des Zentralcomputers ähnelte, ihr aber doch nicht völlig glich. »Dieses Telefon ist außer Betrieb. Benützen Sie bitte ein anderes Schiffstelefon, bis der Schaden behoben ist. Weitere Schiffstelefone befinden sich . . .«

Pinbacks Gefühle durchliefen einen raschen Wandel vom Schock über völlige Hoffnungslosigkeit bis zur grenzenlosen Wut. Hier versuchte er, sich als das beste Mannschaftsmitglied zu bewähren, und es sah fast nach einer Verschwörung an Bord dieses Schiffes aus, ihn daran zu hindern.

Er warf den Telefonhörer gegen die Wand, sah zu, wie er gleich einem Pendel hin und her schwang. »Berichten Sie bitte sofort über diese Störung«, fuhr das Telefon fort.

Aber gewiß, dachte er grimmig. Ich werde einfach vom nächsten Telefon aus anrufen.

Die Kontrolleiste! Fünfzig dicht nebeneinander plazierte Knöpfe, mit deren Hilfe man den Aufzug zu allem veranlassen konnte, nur nicht dazu, allein zur Erde zurückzufliegen. Sie waren neben dem baumelnden

Hörer in die Wand eingelassen, aber ein wenig weiter entfernt. Das war ein Grund, warum er es nicht sofort mit ihnen versucht hatte.

Der andere Grund bestand darin, daß er sich nicht erinnern konnte, was die einzelnen Knöpfe zu bedeuten hatten, abgesehen von Knopf Nummer eins. Nummer eins startete und stoppte den Lift. Und so weit er sich auch streckte und dehnte, er vermochte dieses am weitesten entfernte Stückchen Kunststoff nicht zu erreichen.

Er wünschte jetzt, er hätte sich die Zeit genommen, um die Funktion der anderen neunundvierzig Knöpfe zu erlernen. Oder hatte er das vielleicht? Wenn ja, dann konnte er sich jetzt nicht mehr daran erinnern.

Er streckte sich in Richtung auf die Leiste, kämpfte gegen das seine Hüften beengende und einschneidende Material an, stets dessen bewußt, daß er nur Zentimeter davon entfernt sein mochte, auf dem Schachtgrund zerquetscht zu werden, versuchte verzweifelt die Kontrolle zu erreichen.

Seine Finger zuckten über den Kunststoff, schlugen einen zufälligen Knopf an. Nummer fünfundvierzig. Er spürte, wie er unter seinen Finger nachgab.

Eine kurze Pause, dann setzte eine weiche Stimme an: »Zu Ihrer Entspannung spielen wir jetzt Auszüge aus dem *Barbier von Sevilla* von Gioacchino Rossini.«

Ein vollkehliger Bariton dröhnte promt aus dem Lautsprecher über ihm, während der Lift weiter abwärts fuhr. Wenigstens nahm Pinback an, daß es noch abwärts ging. Alle Bewegungen schienen ihm jetzt nach unten zu verlaufen.

Er streckte sich erneut und schlug einen weiteren

Knopf an. Ohne ersichtlichen Erfolg. Ein weiterer Knopf, und noch einer. Er fuhr fort, Knöpfe zu betätigen, bis er durch ein zweites konkretes Ergebnis belohnt wurde.

Der Bariton verstummte.

Weitere Knöpfe, schließlich eine andere Aufnahme.

»Ich freue mich für Sie!« sagte eine Stimme, die nicht viel anders sprach als seine eigene Mutter. »Sie haben sich dafür entschieden, den Lift zu reinigen. Um die elektromagnetischen Wicklungen im Bodenteil zu reinigen und zu warten, ist es erforderlich, die Ausstiegsplatte im Boden abzulösen. Dies kann wahlweise in einem langsamen oder in einem schnellen Vorgang geschehen, was von der erwünschten Zeitdauer der Reinigung abhängt.«

Pinback fluchte leise vor sich hin und begann sich zu fragen, wie er jemals an Bord der *Dark Star* geraten war. Etwas im Hintergrund seines Bewußtseins versuchte ihm zu antworten, aber es ergab alles keinen Sinn, nicht den geringsten Sinn.

»Um die Bodenplatte für den langsameren Reinigungsablauf abzulösen«, fuhr die Computerstimme fort, »ist den Vorschriften zu folgen, die im Schiffwartungshandbuch SS-sechsundvierzig gegeben sind, Abschnitt E-dreizehn bis E-sechsundfünfzig.«

»Großartig«, murmelte Pinback sarkastisch. »Ich muß nur eben schnell das gute alte Handbuch rausholen, hier.«

»Um die Bodenplatte für den raschen Reinigungsablauf zu entfernen, drücken Sie bitte Knopf Nummer vierzig.«

Nun, das hörte sich schon besser an! Vermutlich würden sich verborgene Riegel lösen, so daß er sich mühelos nach innen ziehen konnte.

Er langte hoch, brachte seine Hand bis auf Millimeter an den angegebenen Knopf heran. Er knurrte, verrenkte sich noch etwas mehr. Komm schon, Pinback, nur noch ein paar Millimeter, Junge, und du bist sicher aus dieser Sache raus . . .

Endlich traf er den Knopf, stieß einen Seufzer der Erleichterung aus, ließ sich zurücksinken in die Umklammerung der zu schmalen Öffnung. Aber die Erleichterung hielt nicht lange vor.

Etwas bohrte in ihm. Da war etwas, an das er sich von einem beiläufigen Durchgehen der Wartungshandbücher nur halb erinnern konnte. Die elektromagnetischen Verankerungen (elektromagnetische Verankerungen? Was war das mit den einfachen Verriegelungen, an die er gedacht hatte?) in der Bodenplatte wurden normalerweise nur einmal im Jahr gelöst . . . langsam. Er konnte sich überhaupt nicht an einen beschleunigten Reinigungsablauf erinnern.

Nur, daß es einen Grund gab, warum es selten, wenn überhaupt getan wurde. Ach ja, das war es . . .

Seine Augen traten hervor.

»Achtung, Gefahr«, sagte die Computerstimme streng. »Achtung, Gefahr. Automatische Ladungen werden jetzt die explosiven Verankerungen in der Bodenplatte für den beschleunigten Reinigungsablauf aktivieren, da der langsame Ablauf nicht entsprechend den Handbuchdirektiven eingeleitet wurde. Die Platte wird sich in fünf Sekunden für einen raschen Reinigungsvorgang lösen.«

Pinback schüttelte seinen Kopf, schrie ein lautloses

Nein!, sich dessen sehr wohl bewußt, daß es auf die Maschine ohnehin keine Wirkung gehabt hätte, wenn er es laut ausgesprochen hätte. Er zerrte verzweifelt an der Bodenplatte, aber das bewirkte natürlich nichts. Und es war ein wenig zu spät, um sich zu wünschen, daß er mehr Zeit in den Sporträumen verbracht hätte, um seine Linie zu behalten.

Vier glühende Pfeile waren auf dem Boden des Lifts erschienen, die die Lage der Explosionsanker anzeigten. Natürlich, die Platte mußte erneut benützt werden, daher konnte die Explosion nicht zu stark sein . . . oder?

Er wünschte, er könnte sich wenigstens daran erinnern – und es setzte ihm nicht mehr allzusehr zu, als er bemerkte, daß die vier Pfeile alle nach innen wiesen, auf ihn. Es schien irgendwie bedeutsam zu sein.

»Verlassen Sie bitte den Lift sofort«, verlangte sie Stimme.

»Ich versuche es ja, ich versuche es!«

»Fünf, vier, drei . . .« Es erschien Pinback nun, daß auch . . . »zwei« . . . der Aufzug . . . »eins« . . . an der Verschwörung gegen ihn beteiligt war . . .

Draußen, im Hauptkorridor der *Dark Star*, blitzte ein Licht auf und zeigte an, daß sich der Lift jetzt gegenüber dem Eingang befand. Kleine Rauchschwaden drangen aus undichten Stelllen an den Türrändern. Dann glitten die Türflügel beiseite.

Pinback taumelte heraus. Er lebte, obwohl er sich nicht so fühlte. Seine Haare waren noch ein bißchen mehr verkrumpelt als üblich, seine Kleidung noch um einiges mehr mitgenommen. Im übrigen war er weitgehend derselbe, wenn man von den dunklen Streifen an Hals und

Gesicht und von den angesengten Kleidungsstellen um die Hüftgegend herum absah.

Dichte Schwaden beißenden Rauchs drangen jetzt aus dem Lift hinter ihm. Es rührte zumeist von verbrannter und versengter Kleidung her, mit einer schwachen Beimischung von Pinback-Aroma. Um seine Hüften zog sich eine saubere schwarze Linie, die anzeigte, wo der Rückstoß der Explosion das Metall noch schneidender gegen seinen Körper gepreßt hatte.

Ach ja, und dicht darüber befand sich ein sauber abgetrenntes Metallstück von quadratischer Form – das noch immer unlösbar an ihm hing.

Er wollte sich in eine Ecke fallen lassen, aber es gelang ihm nicht. Die Platte erlaubte es ihm nicht. Es gelang ihm kaum, damit zu sitzen. Und dann kam ihm ein sehr entmutigender Gedanke.

Ihm fiel ein, daß trotz all seiner Vorkehrungen, um seine Würde zu bewahren – und er hatte sich dabei fast selbst umgebracht –, sein Dilemma für Boiler und Doolittle offenkundig werden konnte, wenn die Explosion irgendwelche Signale im Kontrollraum oder im Wohnbereich auslöste. Er beobachtete lange Minuten den Korridor vor sich. Aber keiner kam herunter, um ihn auszulachen, und er begann sich ein wenig zu entspannen. Wenn die explosiven Verankerungen im üblichen Wartungsvorgang ausgelöst wurden, und danach sah es allmählich aus, dann sollte dadurch eigentlich kein besonderer Alarm an Bord ausgelöst werden. Talby, Doolittle und Boiler waren also nach wie vor nicht im Bilde über all die unwürdigen Ereignisse, die ihm widerfahren waren.

Es blieb noch die Schwierigkeit, wie er die Platte losbekommen konnte. Im Handarbeitsraum des Erholungsbereichs fand er schließlich das nötige Werkzeug dazu. Ein Teil seiner selbst rebellierte zwar bei der Vorstellung, das Bodenteil des Lifts in Stücke zu schneiden. Für den Augenblick jedoch obsiegte sein Verlangen, das verdammte Ding loszubekommen, über die Anmahnungen seines Pflichtbewußtseins, funktionswichtige Teile des Schiffs zu schützen und zu erhalten.

Und im übrigen, wenn Boiler Löcher in die Abdeckung der Heizungseinheit ballern konnte, nur weil er Zielübungen machte, dann konnte schließlich auch er mit etwas herumspielen, was für die Funktionstüchtigkeit der *Dark Star* weit weniger lebenswichtig war. Er konnte die Platte später jederzeit wieder richten, und im Augenblick war immer noch genug Raum zum Stehen innerhalb des Lifts.

Aber das kam später, nicht jetzt. Jetzt hatte er noch etwas anderes zu tun. Er lächelte. Etwas sehr viel Wichtigeres.

Da er sich von der Platte befreit hatte, benützte er sogleich den Erste-Hilfe-Behälter, der hier aus offenbar gutem Grund für ungeschickte Handwerker bereitstand. Er behandelte damit die Verletzungen in seiner Körpermitte.

Dann machte er sich auf den Weg zurück zu dem Raum, der für fremde Lebewesen an Bord reserviert war, wobei er immer wieder innehielt und den Korridor vor sich überprüfte, um sicherzugehen, daß ihn der Wasserball nicht spielerisch überfiel – und außerdem, um eine Begegnung mit Boiler oder Doolittle zu vermeiden.

Wie immer kamen die Leuchtenden an den nahen

Rand des Käfigs heran, aber diesmal machten sie ihn nicht nervös. Er machte sich nicht die Mühe, sie zu verscheuchen.

Sie hatten keine Augen, keine Ohren, überhaupt keine unterscheidbaren Merkmale. Nur perfekt regelmäßige, geometrische Umrisse. Dennoch reagierten sie immer auf seine Gegenwart. Er fragte sich einen Augenblick, was sie wohl dachten, wenn sie etwas dachten; was sie fühlten, wenn sie fühlten.

Er wußte, was *er* fühlte.

Der rote Behälter trug die schlichte Aufschrift: Tranquilizer-Pistole.

Er wollte schon das Siegel aufbrechen, hielt dann gedankenvoll inne und nahm den ganzen Behälter aus der Wandhalterung heraus.

Es war besser, dieses Ding nicht zu laden, bevor es nicht wirklich soweit war. Wenn er in einen von den anderen lief, dann konnte er nicht behaupten, daß er Zielübungen machte wie Boiler. Nicht mit diesem Baby. Doch wollte er mit einer geladenen Waffe in der Hand im Schiff herumlaufen. Ganz abgesehen von der Vorliebe des Wasserballs, ohne jede Vorwarnung auf Vorbeigehende herabzuspringen.

Wie es in der letzten Zeit mit seinem Glück stand, konnte das unter Umständen nur dazu führen, daß er seinen eigenen Fuß lähmte.

Aber sein Glück, sagte er grimmig zu sich selbst, würde nun eine erzwungene Wendung finden. Möglicherweise mußte er den Fremden wieder überall jagen, aber die Chancen waren gut, daß er ihn wieder nahe der Schachtöffnung fand, während er vielleicht darauf wartete, daß der Lift wieder herunterschweben würde. Er hoffte, daß es so war. Es gab zu viele Versteckmöglichkeiten in den rückwärtigen Bereichen des Schiffs, als daß er sie alle hätte durchsuchen können, ohne auf die Dauer der Aufmerksamkeit von Boiler oder Doolittle zu entgehen.

Er begegnete jedoch keinem der anderen Mannschaftsmitglieder auf seinem Weg zurück zu dem Raum, den er vor so langer Zeit verlassen hatte. Er war erst ein paar Schritte innerhalb des Raums, als er von dem vertrauten und inzwischen so gehaßten Gezwitscher begrüßt wurde.

Er hielt inne, sah sich langsam um. Schließlich wanderte sein Blick nach rechts und aufwärts, blieb auf dem Fremden haften. Er ruhte sich dort aus, an der Wand haftend, als ob nichts geschehen wäre. Der häßliche rotgrüne Umriß gab sanft gurgelnde Laute von sich, ein Zeichen, daß er ihn erkannte hatte.

Vermutlich wollte der Wasserball noch ein wenig spielen. Nun, Pinback hatte genug gespielt. Während er die bebende Kugel im Auge behielt, öffnete er die Sicherheitsriegel des Behälters und entnahm die Pistole. Er entnahm dem Behälter außerdem einen der Pfeile, die mit einem stark wirkenden Beruhigungsmittel versehen waren . . . und hielt erneut inne.

Schließlich war es seine Idee gewesen, den Fremden an Bord zu bringen. Er hatte es gegen die Einwände der anderen durchsetzen, darum kämpfen müssen. Sie hatten argumentiert, daß es nicht zur Mission der *Dark Star* gehörte, Fremdwesen zu sammeln. Aber er hatte darauf bestanden.

Daher war der Fremde in mehr als einer Weise etwas, wofür er verantwortlich war. Er legte den Pfeil beinahe zurück. Beinahe. Dann kehrte seine Entschiedenheit zurück, und er gab das unschuldig aussehende Stückchen silbriges Metall in die Waffe ein.

Jedes Mitgefühl, das er für den Wasserball noch hätte aufbringen können, wurde aufgehoben durch die mehrmaligen absichtlichen – ja, vorsätzlichen – Versuche, ihn zu töten.

Es bedeutete für Pinback keinen Unterschied, daß er möglicherweise gar nicht gewußt hatte, was er tat, da er so etwas gar nicht wissen konnte. Er mußte sich rächen – rächen für alles, was dieser widerliche Klumpen von zwitscherndem Protoplasma ihm angetan hatte. Diesmal würde er für dauernd in seinen Käfig zurückwandern.

Natürlich war es eine etwas unsichere Sache, den Tranquilisator zu benützen. Es ließ sich nicht mit Bestimmtheit sagen, wie er auf dieses bestimmte Exemplar einer anderen Lebensform wirken würde. Möglicherweise machte er den Fremden nur verrückt.

Pinback überprüfte, ob der Pfeil richtig in der Kammer der Luftdruckpistole lag. Möglich war auch, daß die Dosis für den Fremden wesentlich zu hoch war. Es gab nur einen Weg, das herauszufinden.

Die Alternative bestand ganz einfach nur darin, ihn mit dem Laser zu organischem Staub zu zerblasen, aber Pinbacks Wut war bis jetzt noch nicht so weit fortgeschritten. Er hielt es für besser, ihm noch eine Chance zu geben. Ganz abgesehen davon, daß er sich selbst vor dem Laser fürchtete.

Die Kammer schloß sich mit einem hörbaren Schnappen. Er hob den Arm und zielte sorgfältig auf das Kugelwesen, dessen Farben rhythmisch heller und dunkler wurden.

»Es wird Zeit für dich, ein kleines Schläfchen zu machen, du wertloses Stück Müll.«

Er drückte den Abzug durch. Die Pistole gab ein leichtes Plop von sich, und der Pfeil steckte mitten in dem Fremden.

Da war ein unerwartet lautes, zischendes Geräusch, und der Fremde schoß mit großer Geschwindigkeit auf ihn zu. Pinback duckte sich weg, hob die Arme hoch, um den erwarteten wütenden Angriff abzuwehren. Dann richtete er sich unsicher wieder auf, sich darüber wundernd, daß der Fremde ihn um mehrere Meter verfehlt hatte.

Er fegte weiterhin quer durch den Raum, begleitet von dem zischenden Geräusch entweichenden Gases, prallte immer wieder von Wänden und Decke ab. Seine Geschwindigkeit nahm nun ziemlich rasch ab, und das zischende Geräusch wurde zunehmend leiser, bis es völlig verstummte, während das Kugelwesen in einer entfernten Ecke zu einem erschöpften Halt kam.

Pinback starrte es abwartend an, ging dann zu ihm hinüber. Er beugte sich darüber und berührte es. Die brennende Empfindung, die er verspürt hatte, als er ihm die Gummimaus abnehmen wollte, wiederholte sich nicht.

Er fühlte das reglose Ding ab. Da war eine feste Zusammenballung, die aus den klauenbewehrten Füßen und den zusammengezogenen inneren Organen bestand. Aber als er es aufnahm, hing es faltig und schlaff durchhängend in seiner Hand. Es war, daran konnte kein Zweifel bestehen, tot.

Jesus, murmelte er zu sich selbst. Aus seiner Wut war jetzt ebensosehr die Luft heraus wie aus dem Fremden. Er hatte ihn nicht wirklich umbringen wollen. Er hatte ihn nur bewußtlos machen und in seinen Käfig zurückbefördern wollen.

Jetzt sah er ziemlich mitleiderregend aus, völlig in sich zusammengesunken, wie eine auf den Strand gespülte Qualle. Jesus, flüsterte er erneut.

Am schlimmsten war dabei, daß sie nun niemals mehr erfahren konnten, wie intelligent das Wesen möglicherweise war, da die Spezialisten auf der Erde keine Chance mehr hatten, es ihren Tests zu unterziehen – und er würde niemals seine Medaille erhalten.

Noch würde es in den offizeillen Berichten einen guten Eindruck hinterlassen. Nicht, daß Doolittle oder Talby oder Boiler sich auch nur das geringste daraus machen würden. Es war nicht Bestandteil ihrer Mission, wie Doolittle nachdrücklich erklärt hatte. Boiler würde vermutlich den traurigen Zustand des Wasserballs zum Lachen finden, wie es seinem pervertierten Wesen entsprach.

Im Bericht jedoch würde es auf keinen Fall gut aussehen. Er konnte sich den Eintrag nur zu gut ausmalen:

»Sergeant Pinback hat beim Versuch, eine der Proben fremden Lebens einzufangen – die er unvorsichtigerweise hat entkommen lassen–, diese mit einer Überdosis Tranquilizer getötet.«

Ach, zum Teufel . . . die Dosierung hatte überhaupt nichts damit zu tun. Es war die tödliche hypodermische

Nadel, die den Schaden verursacht hatte. Wie hätte er auch wissen können, daß der Fremde so dünnhäutig war? Er war kein Xenobiologe. Zum anderen konnte er vieles vergeben, aber nicht diese eine Sache, als der Fremde ihm den Besen abgenommen und damit zu Boden geschlagen hatte. Das war es, was den Ausschlag gab.

Er zog den Tranquilizer-Pfeil aus der nunmehr rauhen Haut und untersuchte ihn mit neuem Respekt. Es war gut, daß bereits der erste Schuß sein Ziel gefunden hatte. Er stellte sich vor, wie der Fremde auch diese Handlung imitierte, den danebengegangenen Pfeil ergriff und ihn zielsicher auf Pinback schleuderte. Er mußte grinsen. Das hätte noch sehr viel schlechter ausgesehen in den Berichten.

»Sergeant Pinback wurde beim Versuch, eine der Proben fremden Lebens einzufangen, von besagter Probe durch einen Tranquilizer-Pfeil in den Zustand der Bewußtlosigkeit versetzt und in einen Käfig gesperrt.«

Warum machte er sich dann selbst Vorwürfe? Der Fremde hatte alles selbst verschuldet. Hatte er ihn nicht im Liftschacht beinahe umgebracht? Warum zweifelte er immer an sich selbst?

Er hatte einfach eine gute – nein, eine tapfere Tat vollbracht, indem er dieses halbintelligente Wesen zur Strecke gebracht hatte, das ihn beinahe zu töten vermocht hatte. Doolittle würde stolz auf ihn sein, und selbst Boiler mochte sich aufrichten, wenn er davon hörte, und ihn mit ein bißchen mehr Respekt behandeln.

Er ging zurück in Richtung auf die Räumlichkeit mit den fremden Lebewesen und zog dabei den toten Wasserball hinter sich her. Trotzdem war er nicht sicher, ob er diesen kleinen Zwischenfall seinen Kameraden sofort melden sollte. Es war besser, mit den Beweisen seines ungewöhnlichen Mutes nicht zu dick aufzutrumpfen. Er würde ihnen die Geschichte in kleinen Dosen zukommen lassen.

Was den Fremden anging, so war der Raum für Handwerk und Kunstausübung für fast alle Hobbys ausgerüstet, und er hatte sich mit den meisten davon noch nicht abgegeben.

Mit der Präparation von Tieren beispielsweise noch nicht . . .

VII

Pinback wurde wieder einmal enttäuscht. Die anderen hörten ihm nicht einmal zu, als er ihnen davon erzählte, wie er sich und das Schiff gerettet hatte. Sie ignorierten ihn, wie sie ihn zuvor ignoriert hatten, und wie sie alle Meldungen über neue Fehlfunktionen ignorierten, die der Computer über die Bildschirme laufen ließ . . .

Es war Boiler und Doolittle weit wichtiger, sich über die Geschmacksrichtungen der Nahrungspaste zu unterhalten, aus der ihre täglichen Mahlzeiten zusammengestellt wurden, und darüber, wie viele Tage hintereinander man eine einzelne Geschmacksrichtung ertragen konnte.

Talby fehlte wie immer. Er nahm an ihren gemeinsamen Mahlzeiten nie teil. Er hatte seine eigenen Essens- und Schlafenszeiten. Der Astronom lebte nicht mehr nach der Zeiteinteilung der alten Erde – er lebte mit den Sternen und in seiner eigenen Zeit. Dennoch war er in diesem Augenblick der einzige, der auch in der Wirklichkeit des Schiffes lebte.

Talby stieg vorsichtig die Leiter hinab und strebte direkt auf einen selten genutzten Korridor im Inneren der *Dark Star* zu. Das Leuchten der in Wände und Decke eingelassenen Beleuchtungskörper markierte den Weg zum Zentralcomputer.

Er hätte auch einfach in den Kontrollraum gehen können und den Anschluß auf der Brücke benützen können, aber er wollte eine Sache am Hauptcomputer selbst überprüfen. Und im übrigen war der Raum des Zentralcomputers tatsächlich seiner Kuppel näher als die Brücke. Auch sah er keinen Grund, die anderen zu alarmieren. Er wußte, daß sie um diese Zeit mit ihrer Mahlzeit beschäftigt waren. Es war nicht notwendig, sie zu stören, solange das Problem sich nicht als so schwerwiegend erwies, daß er ihre Hilfe brauchte. Er fühlte sich etwas unwohl hier unten. Seltsam, wie nervös und unsicher er dieser Tage wurde, losgerissen von den freundlichen und verständnisvollen Sternen. Es hatte eine Zeit gegeben, als er dieses Schiff wie ein Zuhause empfunden hatte. Das war schon sehr lange her.

»Zurück, Talby«, wisperten die Gestirne. *»Komm zurück.«*

»Es ist nur für ein paar Minuten, das ist alles«, murmelte er zu sich selbst. »Nur ein paar Minuten. Aber wenn die Möglichkeit einer ernsthaften Fehlfunktion besteht, dann muß ich es überprüfen. Das versteht ihr doch sicher, oder nicht?«

»Komm zurück, Talby . . .«

»Ich muß . . . weil ich nicht glaube, daß es Doolittle oder die anderen tun. Sie kümmern sich nicht mehr darum.«

»Zurück, Talby«, wisperte ein roter Riese, eine riesenhafte Stimme donnerte in seinem Gehirn. *»Komm zurück zu uns«,* echote eine milde Sonne, die Sol nicht unähnlich war.

Ein geisterhaftes Quartett wandte sich an ihn mit einer gebündelten Stimme gleich einem aufkommenden Wind über einem See – ein bemerkenswertes System von vier Sonnen, die sich gegenseitig umkreisten.

Er *mußte* die angezeigte Fehlfunktion überprüfen. Er betätigte einen Schalter, und die doppelwandige Tür glitt beiseite.

»Lieutenant Doolittle, hier ist Talby. Es ist dringlich – bitte antworten.«

»Hier bin ich, Talby«, kam Doolittles Stimme. »Was gibt es?«

Der Astronom überlegte seine Worte sorgfältig. Er mußte Doolittle vom Ernst der Situation überzeugen, ohne ihn unnötig zu alarmieren. Er wollte nicht, daß der Lieutenant Boiler oder Pinback nach hinten schickte, um ihm zu helfen – die beiden machten ihn nur nervös. Er war sich ziemlich sicher, daß er mit der Sache auch allein zurechtkam, ohne dabei die Nähe eines anderen menschlichen Wesens in Kauf nehmen zu müssen.

»Es tut mir leid, wenn ich bei der Abendmahlzeit störe, aber ich bin im Computerraum. Ich habe die Fehlfunktion aufgespürt.«

»Fehlfunktion? Was für eine Fehlfunktion?«

»Diejenige, die der Computer nicht lokalisieren konnte. Wir waren zusammen oben in der Beobachtungskuppel, als es über den Bildschirm lief.«

»Ach ja . . . richtig«, antwortete Doolittle mit einem Ton, der deutlich verriet, wie unwichtig ihm das alles erschien.

»Es handelt sich um einen Zusammenbruch des Kommunikationslasers Nummer siebzehn, der sich unten in der Notschleuse befindet. Ich kann von hier aus nicht genau bestimmen, was damit los ist, nur daß es vermutlich etwas mit der Ausrichtung des Lasers zu tun hat. Das könnte gefährlich sein, aber da nichts Verheerendes geschehen ist, seit die Fehlfunktion zum ersten Mal angezeigt wurde, nehme ich an, daß wir uns eigentlich keine großen Sorgen zu machen brauchten . . . Um ganz sicherzugehen, werde ich aber einen Raumanzug anlegen und nach hinten gehen, um zu sehen, ob ich die Sache in Ordnung bringen kann.«

»Sicher, das ist eine gute Idee, Talby.«

»Ich wollte nur vorher noch Bescheid geben, Lieutenant.«

»Ja, bestens. Doolittle Ende.« Er steckte das Mikrofon in seine Halterung zurück.

Wovon hatte Talby eigentlich dauernd geredet? So etwas wie eine Fehlfunktion? Nun, das war egal. Wenn es sich wirklich als wichtig erwies, dann würde Talby es ihn sicher wissen lassen.

»Warum kommt Talby eigentlich niemals hier nach unten, um mit uns zusammen zu essen?« fragte Boiler.

Doolittle sah überrascht zu dem Korporal hinüber. Es war nicht Boilers Art, sich darum zu kümmern, was ein anderer tat. Er zuckte die Schultern. »Er sitzt eben lieber in der Kuppel da oben, das ist alles. Du weißt schon . . . Astronomen.«

Es waren nur noch einige Stunden im Überlichtflug übrig, bis sie den als nächstes Ziel ausersehenen Planeten erreichten. Pinback ließ sich auf seinem Lager nieder, drehte methodisch nacheinander den Interkom ab, die Warnkontrollen und alles andere. Er wollte nicht gestört werden. Er hatte das Recht, noch ein paar Stunden vor sich hinzudösen, und er wollte sich nicht von Doolittle oder Boiler daran hindern lassen.

Daher hörte er es nicht. Und Doolittle, der im Spiel auf

seiner selbsterbauten Orgel versunken war, hörte es ebenfalls nicht, weil er alles abzustellen pflegte, wenn er spielte. Er hörte nichts außer dem Pling und Plong und Klank von groben Hämmern, die gegen Wasserkrüge und alte Metalldosen schlugen, und den Heultönen aus riesigen Röhren, die das *Grand Pièce Symphonique* hinausbliesen.

Und Boiler, tief in seinem verblichenen Sexmagazin versunken, hörte es ebenfalls nicht, nicht mit den Ohrenschützern, die er sich übergestülpt hatte. Hörte nicht die nachdrückliche, mahnende Stimme des Computers . . .

VIII

»Achtung, Achtung, an alle Besatzungsmitglieder. Ich habe die Fehlfunktion endlich identifizieren können.«

Das wäre für Talby von einer gewissen Wichtigkeit gewesen, aber er schlief in diesem Augenblick. Das war nicht ganz korrekt, aber niemand konnte Talby mehr seine Schlafzeiten vorschreiben. Abgesehen davon sollte eigentlich immer jemand wach sein, wenn es ihm einfiel, in einem ungewöhnlichen Augenblick in tiefsten Schlummer zu versinken.

Sie waren wach, in der Tat, aber sie hörten nicht zu.

»Kommunikationslaser Nummer siebzehn ist beschädigt worden«, fuhr die Stimme fort. »Dieser Schaden wurde offenbar verursacht durch den elektromagnetischen Energiewirbel, dem wir kürzlich begegnet sind.

Wie ich sicher als bekannt voraussetzen darf, überwacht dieser Laser den Auslösevorgang des Bombenabwurfsystems. Der Kommunikationslaser Nummer siebzehn befindet sich in der Notluftschleuse. Es ist von lebenswichtiger Bedeutung, diese Fehlfunktion zu beheben, bevor der nächste Bombenabwurf ausgelöst wird. Vielen Dank dafür, daß alle Sicherheitsvorkehrungen strikt beachtet werden.«

Boiler schlief unschuldig unter seinem Magazin, Pinback schlief mit unschuldigen Gedanken, Doolittle spielte und spielte und spielte, und Talby beschäftigte sich im Schlaf mit den Sternen, die der nächste Tag mit sich bringen würde . . .

Talby betrachtete den neuen Himmel. In der Kuppel aufzuwachen, war wie immer eine Erfahrung für ihn, die ihn ungeheuer aufkratzte. Ein wunderschöner Morgen.

Was für ein Witz das war. Er hatte seit zwanzig Jahren keinen Morgen mehr gesehen, vom falschen Glanz einer Sonne abgesehen, die über einer in Kürze zu zerstörenden unstabilen Welt heraufkam. Ein schöner Morgen, in der Tat.

Und eine weitere Aufgabe wartete auf ihn, die ebenso notwendig wie unangenehm war. Sie bestand darin, den beschädigten Kommunikationslaser wieder instand zu setzen. Es war freilich eine Sache, die ihm kaum schwerfallen würde.

Er war wie üblich lange vor den anderen wach. Er machte sich auf den Weg, ohne die anderen zu stören. Die vier Anzüge waren unberührt, hingen aufgereiht Seite an Seite in dem offenen Regal. Je schneller er diese Arbeit hinter sich hatte, desto besser. Vermutlich brauchte er den Raumanzug überhaupt nicht. Wenn der Laser aus irgendeinem Grund in seine Richtung abstrahlen sollte, würde der Anzug jedenfalls einen geringen Schutz für ihn darstellen, da er genügend stark reflektierte, um den Strahl teilweise abzulenken. Freilich würde auch ein Schutzanzug die direkte Entladung eines Lasers nicht einmal für Sekunden aushalten.

Während er mit seinen weiteren Vorbereitungen beschäftigt war, hatten sich auch Doolittle, Boiler und Pinback bereits erhoben und angekleidet. Sie verzichteten sogar auf ihr gewohnt regelmäßiges Frühstück.

Dies war der letzte Planet, der letzte Abwurf, die letzte Bombe. Sie ließen sich in ihren Sitzen im Kontrollraum nieder und begannen die Instrumente zu überprüfen. Plötzlich waren sie wieder ein Team, eine dreiteilige Maschine, und ihre Persönlichkeiten waren vergessen.

Boiler ließ die Bildschirme über ihnen aufflammen.

»Da ist er.« Der Planet, der den größten Teil des teleskopisch herangeholten Bildes einnahm, ertrank in tiefroter Farbe und wies eine Oberfläche mit riesigen Vulkanen auf, die höher als drei oder vier Mount Everests waren. Sie spien das Innere des Planeten nach draußen, fielen auseinander und bildeten Canyons von vielen Meilen Tiefe – eine unstabile Welt, wenn sie jemals einer solchen begegnet waren.

»Mehr als neunundneunzig Prozent Wahrscheinlichkeit«, berichtete Boiler, der seine Anzeigen überprüfte, »daß diese Welt von ihrer normalen Umlaufbahn innerhalb von weiteren zwölftausend Umläufen abweichen wird. Die Bahn wird sich spiralförmig in Richtung auf die Sonne verengen und . . .«

»Möglicherweise eine Nova«, beendete Pinback.

»Und dieses System verfügt über eine völlig brauchbare Welt des Erdtyps.« Er gestikulierte in Richtung auf das rote Ungeheuer, das auf ihren Bildschirmen glitzerte. »Hört sich gut an. Laßt uns das Ding zu Staub zerblasen.«

Sie arbeiteten in perfektem Gleichklang zusammen, setzten Zeitabläufe in Gang, nahmen Feineinstellungen an Kontrollen vor, bereiteten die *Dark Star* auf den kommenden Abwurf vor – drei Männer als zusammenwirkende Kraft, darauf ausgerichtet, eine vorübergehende Zerstörungsorgie zu erzeugen.

Eine Orgie, innerhalb derer dies der letzte, alles vergessen machende Orgasmus werden sollte . . . und dann . . . zu Hause . . .

Pinback lehnte sich zuerst in seinen Sitz zurück. »Bombenabwurfsysteme in Aktivierungsphase eins«, sagte er.

Wieder das vertraute Summen tief im Inneren des Schiffes, und ein weiteres Mal löste sich der weiße Sarg mit der Aufschrift »20« aus seiner Verankerung.

»Wir haben«, verkündete Boiler, »noch acht Minuten bis zur Detonation. Alle Systeme funktionieren einwandfrei.«

»Hallo, Lieutenant Doolittle«, rief Talby wiederholt in sein Helmmikrofon. »Hallo, hallo, hört ihr mich denn nicht? Boiler, Pinback – hört ihr mich auf der Brücke?«

Verdammt, was nun? Er hatte Doolittle kurz erreicht, doch dann war die Verbindung unterbrochen worden, bevor er sein Anliegen hatte vortragen können. Eine weitere Fehlfunktion, oder hatte Doolittle einfach nicht begreifen wollen, was er hier tat und wie wichtig es war? Hatte er nicht verstanden, daß er den Schaden gefunden hatte und dabei war, ihn zu beheben?

Nun, das machte offenbar keinen Unterschied. Sie waren anscheinend mit etwas beschäftigt, was ihre Aufmerksamkeit im Augenblick voll in Anspruch nahm. Auf diese Weise wurde er wenigstens nicht mit einfältigen Vorschlägen belästigt. Er beugte sich über den Laser, der sich aus seiner Verankerung gelöst hatte . . .

»Kommunikationslaser Nummer siebzehn«, gab die

Computerstimme bekannt, »zuständig für die Überwachung der Bombenabwurf-Mechanismen, ist aktiviert worden und wird den Abwurfstrahl senden.«

Talby schrie verwirrt auf. Was zum Teufel fiel Doolittle ein? Sie konnten doch keinen Bombenabwurf einleiten, solange ein Überwachungslaser defekt war! Nicht nur, daß der Abwurf selbst in einem unvorstellbaren Fiasko enden konnte, jeden Augenblick konnte ihn ein Laserstrahl treffen und wie einen Butterwürfel zerschneiden.

Er stand unentschieden da und debattierte mit sich selbst, ob er mit der nur wenige Augenblicke andauernden Reparatur fortfahren sollte – oder aber loslaufen, um die anderen zu unterrichten. Aber wenn es nur noch ein paar Minuten bis zum Abwurf waren – bei einem beschleunigten Ablauf –, dann erreichte er sie möglicherweise nicht mehr rechtzeitig.

Während er wie gelähmt verharrte, fuhr die Computerstimme fort. »Der Laser wird jetzt seine Energie umsetzen. Bleiben Sie bitte außerhalb der Strahlrichtung für den Fall, daß die Schutzplatte versagen sollte.«

Was für eine Platte? . . . die Platte ist längst nicht mehr dran, du blöder, stumpfsinniger . . .

Er zog sich hastig einen Schritt zurück.

»Kommunikationslaser Nummer siebzehn jetzt im Test.«

Da war ein dumpfes, aber deutlich wahrnehmbares Knacken, und zwei parallel verlaufende Strahlen sprangen dicht vor Talby quer durch die Notluftschleuse. Sie bohrten zwei saubere Löcher in die entfernte Schleusenwand, richteten damit aber offenbar keinen ernsthaften Schaden an. Es waren hochintensive Strahlen von kurzer

Reichweite, so daß sie die Schiffshülle selbst nicht erreichen konnten.

Weit schlimmer als der bereits angerichtete Schaden aber war es, wenn es ihm nicht gelang, die Fehlfunktion zu beheben, bevor die Bombe abgeworfen wurde. Er hatte bereits das Verdunkelungselement im Helm seines Raumanzugs herunterfahren lassen, so daß er den Strahl betrachten konnte, ohne daß seine Augen Schaden nahmen.

»Unter keinen Umständen«, fuhr der Computer fort, »darf die Schutzplatte entfernt und der Strahlweg betreten werden. Ich danke für die strikte Beachtung aller Sicherheitsvorkehrungen.«

»Sie ziehen tatsächlich einen Bombenabwurf durch«, murmelte Talby. Was war mit Doolittle los? War der Lieutenant verrückt geworden, wie es Pinback und Boiler schon lange waren?

»Doolittle ... Lieutenant Doolittle, bitte bestätigen. Hier ist Talby. Notruf ... irgend jemand auf der Brücke, bitte bestätigen ...«

Doolittle, Pinback und Boiler – die irgend jemands – entspannten sich in ihren Sitzen, alle versunken in ihren eigenen Betrachtungen vor dem Abwurf. Sie alle brachten ihren Hindernislauf der Gefühle vor einem Bombenabwurf hinter sich.

Boiler stellte sich eine Zerstörung von nie gekanntem Ausmaß vor, die sie sich in Kürze zuschulden kommen lassen würden, und lächelte. Pinback dachte nicht einmal daran, daß sie kurz davorstanden, einen ganzen Planeten aus dem Kosmos zu entfernen; sein Mitgefühl galt der armen Bombe, an die keiner dachte.

Doolittle ging wie immer zurück zu einem Buch, das er einmal gelesen hatte, einem alten Buch über den ersten Abwurf des ersten thermonuklearen Mechanismus über einer Stadt in . . . es war Japan gewesen, nicht wahr? Ging zurück zu den Gedanken des Piloten, nachdem er die Folgen seiner Knopfdruck-Handlung gesehen hatte.

Natürlich war dies völlig anders, da kein Leben zu Schaden kam. Und die Welten, die sie zu Schutt zerstäubten, waren instabil, stellten eine Bedrohung für das Leben zukünftiger Kolonisatoren dar.

Aber er konnte dem bohrenden Gefühl dennoch nicht entkommen, daß es trotz aller sorgfältigen Überprüfungen auf einem der von ihnen zerstörten Planeten unaufspürbares, intelligentes Leben gegeben haben mochte, dem diese Welt eine Heimat gewesen war.

Eine Art, deren Kollektivmord er auf seinem Gewissen trug.

Es war lächerlich und absurd – die Instrumente überprüften sorgfältig jeden Vernichtungskandidaten, bevor sie ihren Abwurf machten. Aber der Gedanke blieb bestehen, fügte sich zu denen des schon lange toten Bomberpiloten, und alles zusammen griff ihn mehr an, als er sich zugeben mochte . . .

»Doolittle . . . Doolittle. Ich weiß nicht, ob du mich hören kannst, aber ich werde versuchen, die Befestigung des Lasers wieder richtig auszurichten. Wenn ich gehört werde, dann stellt bitte die Abwurfprozeduren ein, bis ich damit fertig bin. Es wird nicht mehr lange dauern.«

Er blieb so weit links von der Öffnung und machte sich, ein Spezialwerkzeug in der Rechten, am Fundament des Lasers zu schaffen. Er arbeitete vorsichtig an der Verbindung zwischen Fundament und Laser, und es gelang ihm, den Mechanismus in Richtung auf seine einstige Lage zurückzubewegen. Noch ein paar präzise Drehungen, und er war durch.

Während sich das Verbindungsgelenk bewegte, berührte es einen kleinen gedruckten Schaltkreis, der ebenfalls ein kleines Stück weit aus seiner Position herausgeschoben war. Der Schaltkreis wurde kurzgeschlossen, der Strom floß in eine Richtung, die niemals vorgesehen war, und durch etwas hindurch, durch das er nie hätte fließen dürfen. Das Etwas explodierte.

Der Laser rotierte wie wahnsinnig auf seinem Fundament, die Strahlen veränderten sich, und die abgedunkelte Gesichtsplatte des Astronomen fing die volle Stärke der beiden parallelen Strahlen auf.

Talby taumelte zurück, ließ das Werkzeug fallen und griff suchend nach seinen Augen, prallte an der glatten Sichtscheibe des Helms ab. »Mein Gott . . . ich sehe nichts mehr, ich kann nicht mehr sehen!«

Durch die grellen Schmerzen hindurch vernahm er eine entfernte, eindringlich mahnende Stimme.

»Achtung, Achtung! Der Überwachungslaser weist eine Fehlfunktion auf. Unter keinen Umständen . . .«

»Meine Augen . . . Ich kann nicht mehr sehen, ich kann . . .«

». . . ist der Strahlweg zu betreten. Dies würde in den Instrumenten zu einer augenblicklichen Auslösung . . .«

Er taumelte blind durch die Luftschleuse, in zwei leuchtende Linien hinein. Ein gewaltiges Krachen und Tosen erfüllte die Luftschleuse. Die von seinem reflektierenden Anzug zurückgeworfene Energie schlug voll in das Laserinstrument ein, und der unaufhaltsame Rückkopplungseffekt wanderte über zahllose elektronische Neutronen zurück bis in den Zentralcomputer selbst.

Hunderte von Schaltkreisen wurden kurzgeschlossen, Sicherungskristalle zerbarsten. Kleine Feuerherde brachen innerhalb des Zentralcomputers aus, wurden augenblicklich wieder erstickt, als automatische Brandsicherungen die angegriffenen Bereiche isolierten, die beschädigten Teile aus dem schwerverletzten Kommunikationsverbund herausamputierten.

Die Leuchtanzeigen auf der Bombe Nummer zwanzig blitzen ein zweites Mal auf. Sie blitzten auf wie gewohnt – und unerwartet, denn die primäre Abwurfsequenz war bereits eingeleitet worden. Es gab keinen Grund für sie, ein zweites Mal aufzuleuchten.

Das einmalige Aufflammen eines Lichtes an der magnetischen Ankerscheibe war *nicht* normal.

Auf der Brücke jedoch war alles ruhig. Alles sah so aus, wie es aussehen mußte.

»Wir beginnen mit der endgültigen Abwurfsequenz«, sagte Pinback. Die drei Männer arbeiteten routinemäßig an ihren Konsolen. Schließlich streckte Pinback, nachdem er mit den anderen Bestätigungen ausgetauscht hatte, seinen Arm aus und griff nach den beiden Schaltern, die den entscheidenden Vorgang auslösen würden.

». . . zehn, neun, acht, sieben, sechs, fünf, vier, drei, zwei, eins . . . Abwurf . . .«

Und er riß beide Schalter gleichzeitig herunter, um die Bombe freizugeben.

Als augenblickliches Ergebnis stellte sich ein harter,

seltsam fremdartiger Hupton ein, der alle drei Männer auf der Brücke in sichtliche Erregung versetzte.

Eine Anzahl von roten Lampen begann wild zu flakkern, die niemals zuvor aufgeleuchtet hatten.

»Abwurf negativ«, stellte Doolittle schließlich fest und bestätigte damit, was ihnen alle Instrumente verrieten. Kleine Knoten zogen sich in seinem Inneren immer weiter zusammen.

»Versuch es noch einmal, Pinback. Es kann nur an der Verankerung der Bombe liegen.«

Sie wiederholten alle Schaltungen, Pinback begann erneut zu zählen und betätigte die beiden Auslöseschalter. Das lautstarke Hupen kam wieder auf.

»Abwurf negativ«, sagte Doolittle noch einmal, diesmal mit einer nicht mehr so ruhigen Stimme.

Eine Atmosphäre nervöser Aktivität breitete sich auf der Brücke aus. Schaltkreise wurden überprüft und noch einmal überprüft. Über die Monitoren wurden alle Schaltabläufe analysiert, ohne daß sich auch nur der geringste Fehler erwies. Was ihre Instrumentenaufzeichnungen anging, mußte die Bombe abgeworfen sein, und die Besatzung der *Dark Star* hatte gemeinsam den Verstand verloren.

»Visuelle Bestätigung«, schlug Boiler vor. »Vielleicht hat der Taster für die Abwurfbestätigung eine Fehlfunktion.«

Doolittle betätigte die entsprechende Taste. Die Zeitangabe – mit ihren dahintickenden Sekunden – verschwand vom Bildschirm und machte einer Kameraaufnahme aus dem Unterteil der *Dark Star* Platz.

Ein länglicher weißer Kasten füllte den größten Teil des

Bildes aus, der dicht unterhalb der offenen Schleusentüren verharrte.

Ein kurzer Blick genügte Doolittle. Er schaltete auf die Zeitangabe zurück, der jetzt eine völlig neue Bedeutung zukam. Absolut vorrangige Bedeutung.

»Sie ist also noch da«, stellte er fest und dachte rasch nach. »Vergessen wir die Magnetverankerung. Dies ist der letzte Abwurf. Sprengen wir das ganze Ding mit allen Befestigungen weg.« Boiler und Pinback nickten – Boiler nur kurz und einmal, Pinback heftig genug, um seine Haare durcheinanderzuschütteln.

Blitzschnelle Ansagen und Bestätigungen wechselten hin und her. Alle vorgeschalteten Sicherungen wurden entschärft, um eine explosive Ablösung der gesamten Bombenverankerung zu ermöglichen.

»Und zugleich manuellen Abwurf vorbereiten«, sagte Doolittle grimmig.

Weitere Schaltungen, Pinback begann erneut zu zählen.

Er riß die Schalter herab, und das Hupen kam zurück. Dieses laute, quälende, hysterische Hupen. »Fall schon, Bombe!« schrie Pinback. »Du sollst fallen, fallen, fallen . . .«

Eine Stille kehrte ein, die noch weit bedrückender war als aller vorhergehender Lärm. Auf ihren Bildschirmen konnten sie einen Text verfolgen, der eine Serie von Ziffern enthielt: SIDERISCHE GRUNDZEIT 0014 : 40.6 – ZERSTÖRUNGSSEQUENZ LÄUFT.

Die Zahlen veränderten sich laufend, während die Männer auf der Brücke wie gebannt auf sie starrten.

»Hier spricht Lieutenant Doolittle. Ich rufe Bombe

Nummer zwanzig. Bitte bestätigen, Bombe Nummer zwanzig.«

»Ich bin hier, Lieutenant.«

»Das dürfen wir als zutreffend voraussetzen«, bemerkte Boiler.

»Computer, hier ist Doolittle. Rede mit der Bombe und befiehl sie an ihre Ankerstelle zurück, bitte.«

Schweigen.

»Computer, bitte bestätigen. Hier spicht Lieutenant Doolittle.«

Keine Antwort.

»Versuche selbst mir ihr zu reden, Doolittle«, schlug Boiler vor.

Doolittle nickte und räusperte sich. »Es ist zu einer erneuten Fehlfunktion gekommen, Bombe. Entschärfe dich selbst und kehre sofort wieder in das Schiffsinnere zurück. Es hat sich eine Fehlfunktion ereignet. Diese Abwurfsequenz wird aufgehoben. Kehre sofort an deinen Ankerplatz zurück. Hast du verstanden?«

»Ja.« Die Stimme der Bombe klang ruhig und gefaßt. »Ich bin programmiert, in vierzehn Minuten und dreißig Sekunden zu detonieren. Die Detonation wird zur programmierten Zeit erfolgen.«

Wilde Gedanken rasten durch Doolittles Bewußtsein. Sie führten zu keinen Lösungen. Und neben der Bombe hatte er nun noch ein weiteres Problem, das ihm zu schaffen machte. Was war mit dem Zentralcomputer los?

»Bombe«, brachte er schließlich heraus. »Hier ist *Doolittle*. Du sollst *nicht* detonieren. Ich wiederhole, du sollst nicht detonieren, solange du im Schiff verankert bist.

Entschärfe dich selbst. Dies ist ein Befehl. Hast du mich verstanden, Bombe?«

»Ich verstehe Sie, Lieutenant Doolittle«, erwiderte die Bombe ruhig. »Der Ort der Detonation spielt für mich keine Rolle, denn dieser wird immer vorherbestimmt . . . und ich werde in vierzehn Minuten detonieren. Die Detonation wird zur programmierten Zeit erfolgen.«

»Das hast du bereits gesagt«, sagte Doolittle knapp. Die Bombe widersprach dieser Feststellung nicht.

»Vierzehn Minuten bis zur Detonation«, sagte Pinback mit einem duetlichen Anklang von Verzweiflung. »Was zum Teufel geschieht nur, Lieutenant? Was geht vor?«

»Ich weiß es nicht.« Er breitete hilflos die Arme aus. »Ich kann auch nicht herausfinden, wieso . . .«

»Achtung, Achtung«, sagte eine vertraute weibliche Stimme – eine Stimme, die jemals wieder zu hören Doolittle nicht erwartet hatte. Er brach mitten im Satz ab.

»Ich habe ernsthaften Schaden erlitten«, berichtete ihnen der Computer. »Alle Feuerstellen innerhalb des Hauptcomputer-Raums sind inzwischen unter Kontrolle.«

»Feuer?« rief Pinback auf und warf sich in seinem Sitz herum. »Was für Feuerstellen?«

»Halt den Rand!« wisperte Boiler drohend. Pinback verstummte.

»Ich bitte um genaue Aufmerksamkeit. Der Bombe Nummer zwanzig ist keine fehlfunktion unterlaufen. Ich wiederhole, Bombe Nummer zwanzig ist keine Fehlfunktion unterlaufen. Daß das Abwurfsystem auf die von der Brücke aus vorgenommenen Schaltungen reagierte, liegt an einer gravierenden Fehlfunktion des Kommunikationslasers Nummer siebzehn, der alle Abwurfschaltungen durchgibt und überprüft, die den Freigabemechanismus im Bombenabwurfschacht betreffen.

Jegliche Verbindung mit dem Abwurfschacht und der Magnetankerscheibe– und damit auch mit der Bombe selbst – ist daher unterbrochen.

Jegliche Verbindung mit dem Abwurfschacht und der Magnetankerscheibe – und damit auch mit der Bombe selbst – ist daher unterbrochen.

Ich habe deshalb die automatischen Eindämmvorrichtungen innerhalb des Schiffs aktiviert. Ohne planetare Substanzen als Reaktionsbasis wird diese Eindämmung die thermostellare Reaktion auf einen Vernichtungsradius von schätzungsweise einem Kilometer beschränken. Das ist alles, was ich zu diesem Zeitpunkt unternehmen kann.

Ich versuche die zerstörten Schaltkreise zu umgehen, um den Kontakt mit dem Abwurfschacht und der Bombe wiederherzustellen. Ich muß Sie darüber informieren, daß die Prognose für einen eventuellen Erfolg nicht besonders gut aussieht. Wiederhole, nicht gut. Die Zerstörungen *können* unter Umständen, manuelle menschliche Hilfe vorausgesetzt, innerhalb von vierundzwanzig Stunden behoben werden.

Alle Schätzungen laufen darauf hinaus, daß selbst mit menschlichen Hilfskräften, deren Leistungsfähigkeit durch Drogenstimulation gesteigert ist, diese notwendigen Instandsetzungen nicht innerhalb von vierzehn Minuten erfolgen können. Es liegt jetzt alles an euch, Leute.«

Die drei Mannschaftsmitglieder verdauten diese Information einen Augenblick lang schweigend. Boilers Stimme klang ungewöhnlich gedrückt.

»Hast du das gehört, Doolittle?«

»Ja, Doolittle«, fügte Pinback gedehnt hinzu. »Was sollen wir jetzt unternehmen? Ich meine, es ist großartig, daß die automatische Eindämmung die Explosion auf einen Bereich mit einem Durchmesser von nur einem Kilometer beschränken wird, aber wenn wir und das Schiff uns innerhalb dieses Kilometers befinden, dann wird das verdammt noch mal keinen Unterschied ausmachen!«

Nach kurzer Diskussion waren sie sich darüber einig, daß sie keinen Ausweg aus ihrer Situation wußten. Ihre letzte Hoffnung setzten sie schließlich daran, den Rat des toten Kommandanten Powell einzuholen.

Powells Körper war tot und eingeeist in einer Kammer tief im Inneren des Schiffs, sein Gehirn jedoch lebte noch immer auf eine schwer zu bestimmende Weise. Über eine Leiter stieg Doolittle in einen schmalen Raum neben der Kammer Powells hinunter. Durch eine massive transparente Wand hindurch sah er den entblößten Körper Powells, und er vermeinte die eisige Kälte selbst durch die dickwandige Isolierung hindurch zu spüren. Der Kopf Powells war durch Drähte und Sensoren an eine Apparatur angeschlossen, die unter gewissen Bedingungen eine Verständigung mit dem spärlich flammenden Lebensrest in ihm erlaubte. Doolittle sprach in ein Mikrofon, das ebenfalls mit dieser Apparatur verbunden war.

»Kommandant Powell, hier ist Doolittle. Wir befinden uns in einer sehr ernsten Situation, Sir. Es tut mir leid, Sie belästigen zu müssen, aber ich habe Ihnen eine Frage zu stellen. Es ist lebenswichtig für uns, Sir. Ich weiß, wie sehr Sie das anstrengt, aber ich weiß mir keinen anderen Rat mehr.«

Eine leichte Einstellungskorrektur des Empfängers . . . und jetzt begannen sich Worte zu bilden, ein anfangs fast tonloses Murmeln löste sich in erkennbare und unterscheidbare Strukturen auf. Die Worte waren unbeschreiblich entfernt, schwach . . . und kalt. Es war eine Kälte, die von der Entfernung herrührte, und nicht von der Tiefsttemperaturen erzeugenden Maschinerie, in die der Kommandant eingeschlossen war.

Diesmal schien der Kommandant über seine Gesellschaft erfreut zu sein, was durchaus nicht immer der Fall war.

»Doolittle . . . Ich bin so froh, daß Sie gekommen sind, um mit mir zu reden. Es ist so lange her, daß jemand gekommen ist, um mit mir zureden.«

»Ja, Kommandant«, antwortete er hastig. Er wußte aus Erfahrung, wie schnell sich die Aufmerksamkeit des Kommandanten wieder verlor. Diese Art von Verbindung schwächte ihn offenbar sehr. Mit raschen Worten erklärte Doolittle die Situation, in der sich die *Dark Star* befand.

»Hör mal, Bombe, sei vernünftig. Du willst doch nicht etwa wirklich sterben? Ich meine, ich weiß, wofür du programmiert bist, aber der Überlebenswille ist der stärkste Instinkt von allen, und tief in deinem Inneren hast du das auch schon verspürt, nicht wahr. Wir könnten die Sache so regeln, daß du nicht zu sterben brauchst. Dann könnten wir uns öfters eine nette kleine Unterhaltung wie diese hier gönnen.«

»Der Tod hat keine Bedeutung für mich, außer daß er ein Ende in sich bedeutet«, intonierte die Bombe bedeutungsschwanger. »Der Tod ist der Grund für meine Existenz. Ich bin geboren, um zu zerstören. Ich bin Vishnu, Zerstörer der Welten . . .«

»Lieber Gott«, murmelte Boiler. »Eine Hindu-Bombe.«

»Hör mal zu, Bombe«, bat Pinback. »Liebe Bombe, logische Bombe, lieber vernünftiger thermostellarer Auslösemechanismus . . .«

»Schmeicheleien bringen überhaupt nichts ein«, erklärte die Bombe ungerührt.

Boiler schüttelte den Kopf. »Laß diese verrückte Bombe. Mit so einer sturen Maschine kann man nicht reden . . . Nein, wir können nur noch darauf hoffen, daß Doolittle etwas aus dem herausbekommt, was von Powell noch übrig ist.«

»Kommandant, Sir«, sagte Doolittle, »sind Sie noch da?«

»O ja, Doolittle«, kam Powells Stimme wie ein fernes Echo zurück. »Ich . . . ich habe nachgedacht.«

Ihr Gespräch hatte sich längere Zeit um eine irdische Baseballtruppe gedreht, die mindestens seit Jahrzehnten nicht mehr bestand. Powell war immer wieder auf dieses

Thema zurückgekommen, das ihn weit mehr zu interessieren schien als das weitere Schicksal der *Dark Star*. Doolittles zäher Kampf darum, des Kommandanten Aufmerksamkeit auf sein früheres Schiff und das Problem mit der Bombe zu bringen, hatte ihn kaum weniger erschöpft als Powell, dessen Worte sich zweitweilig immer wieder in ein undeutliches Murmeln zurückbildeten.

»Wir haben nicht mehr viel Zeit, Sir.« Er sah erneut auf seinen Armbandchronometer. »Ich meine, *wirklich*, Sir. Ich störe Sie ungern bei Ihren Betrachtungen, aber . . .«

»Ach ja«, murmelte Powell gedankenvoll. »Nun, wenn der Abwurf mit keiner herkömmlichen Methode durchzuführen ist, und wenn sie nach wie vor darauf besteht, zu detonieren, dann werden Sie eben mit ihr reden müssen.«

»Sir?« echote ein mehr als verdutzter Doolittle.

»Sie werden mit der Bombe reden müssen.«

»Ich habe bereits mit ihr zu reden versucht, Sir. Ich *habe* mit ihr geredet. Pinback ist im Augenblick vermutlich dabei, mit ihr zu reden.«

»Nein, nein, Doolittle. Nicht Pinback.« Seine Stimme klang ein wenig heiser. »*Sie* müssen mit ihr reden. Lehren Sie sie . . . Phänomenologie, Doolittle.«

»Wie bitte, Sir?«

»Phänomenologie – die Lehre vom Sein.«

Damit verstummte der Kommandant. Ob er nicht mehr sprechen wollte, oder ob ihm die Kraft dazu fehlte, konnte Doolittle nicht mehr feststellen.

»Doolittle, Doolittle!« rief Pinback in das Mikrofon. Was nun? Hatte Doolittle unter der Belastung den Verstand verloren? Hatte er sich vielleicht in den Tiefkühlbereich begeben, um sich Kommandant Powell in seiner sorgenfreien, eisigen Isolation anzuschließen?

Wenn das zutraf, dann trug er als Offizier mit dem nächsthohen Rang nunmehr die volle Verantwortung. Und dieser Gedanke löste eine fast ebenso heftige Welle der Furcht und des Unbehagens in ihm aus wie die Vorstellung, daß die Bombe innerhalb des Schiffs explodierenwürde.

»Doolittle«, heulte er erneut in das Mikro, »was zum Teufel treibst du eigentlich?«

Boiler unterbrach ihn und wies auf eine Anzeige, die soeben auf seiner Konsole aufzublinken begann. »Die rückwärtige Luftschleuse ist aktiviert worden«, sagte er knapp. »Das muß der Lieutenant sein. Er ist nach draußen gegangen.«

»Aber wozu?« wunderte sich Pinback und sah den Korporal verständnislos an. »Und warum antwortet er nicht?«

»Vielleicht ist er zu Powell durchgekommen . . . vielleicht. Und Powell hat ihm gesagt, was er mit der Bombe zu machen hat. Entweder das, oder er versucht, außerhalb des Detonationsbereichs zu gelangen.«

Pinback blinzelte. »Das ist reiner Wahnsinn – wohin wollte er gehen? Nein, du hast recht – er wird die Bombe entschärfen! Er wird das Schiff retten!«

»Ja, so ist es«, murmelte Boiler zweifelnd.

Gleich dem übrigen Raumanzug erfüllte das Düsenpaar auf seinem Rücken seine Funktion reibungslos. Das war vielleicht ein Zeichen dafür, daß die Dinge endlich wieder ins rechte Lot kamen. Ein paar kurze Stöße beförderten ihn um das Schiff herum und ließen ihn dann unterhalb des Schiffs ankommen. Vorsichtig schwebte er auf die Bombe zu.

Er hielt ein paar Meter von ihrem rückwärtigen Ende entfernt an. Die Sendeeinheit seines Anzugs arbeitete auf einem offenen Kanal, so daß die Bombe ihn eigentlich hören mußte. Es war natürlich nicht sicher, ob sie ihm überhaupt zuhörte, aber wenn sie mit Pinback sprach . . .

Seltsam, wie harmlos sie aussah. Ein länglicher weißer, rechteckiger Behälter, der eigentlich mehr wie eine große Frachtkiste aussah als sonst etwas. »Hallo, Bombe«, sprach er in das Anzugmikrofon. »Hörst du mich?«

»Natürlich«, erwiderte die Bombe fröhlich, als würden sie sich bereits seit Stunden unterhalten. Doolittles Atemzüge wurden bereits ein wenig regelmäßiger. Wenigstens kam er durch.

»Äh . . . bist du gewillt, dich mit mir über ein paar spekulative philosophische Konzepte zu unterhalten, Bombe?«

»In bezug auf was?«

»Oh, nichts besonders Tiefgehendes . . . die Gründe für das Sein und das Nichtsein, die Bedeutung der Existenz, das Warum, das hinter allem steht.«

»Ich bin für vernünftige Vorschläge und Erklärungen immer dankbar«, sagte die Bombe, »solange die Sache nicht allzu geschwätzig wird. Besonders jetzt.«

Gott sei Dank vermochte sie noch Überlegungen anzustellen. Doolittle hatte befürchtet, daß die Bombe durch Pinbacks Bearbeitung bereits so paranoid wäre, daß sie keinem Menschen mehr zuzuhören gewillt war. Aber ihr Gehirn war offenbar anpassungsfähiger, als er angenommen hatte.

Er wünschte, er hätte sich etwas mehr mit den Mechanismen und den Schaltkreisen eines Bombengehirns beschäftigt, aber dafür war es inzwischen ein wenig zu spät. Er würde sich auf die Aufnahmen verlassen müssen, die Powells Vorschlag zugrunde lagen – daß die Bombe klar genug denken konnte, um anfällig zu sein.

»Das ist fein. Dann denk einmal über das folgende nach. Woher weißt du eigentlich, daß du existierst?«

Auf der Brücke oben tauschten Boiler und Pinback irritierte Blicke aus. Sie konnten der Unterhaltung ohne weiteres folgen, da Doolittle auf einem offenen Kanal sprach, und die Antworten der Bombe kamen daher automatisch auch auf diesem offenen Kanal. Die verbliebene Zeit der Zerstörungssequenz wurde auf den Bildschirmen über ihnen mit 0004:33.4 angegeben. »Was macht er jetzt?« wunderte sich Boiler.

»Ich glaube, er spricht mit ihr«, antwortete Pinback.

»Nun, das haben wir doch auch getan, oder nicht? Was läßt ihn annehmen, daß er es besser kann?«

»Ja, ich habe auch mit ihr geredet, aber nicht so«, erklärte Pinback dem Korporal und bedeutete ihm, ruhig zu sein. Doolittle sprach erneut, und er wollte sich kein Wort entgehen lassen. Die Sache hätte sich vielleicht ganz unterhaltsam angehört, wäre nicht ihr Leben vom Ausgang dieses Gesprächs abhängig gewesen.

»Nun, natürlich existiere ich«, erwiderte die Bombe, nachdem sie einen Augenblick lang überlegt hatte.

»Gut, aber woher *weißt* du, daß du existierst?« bohrte Doolittle nach. Doch wenn diese Frage der Bombe in irgendeiner Weise naheging, dann zeigte es sich nicht in ihrer sicheren Antwort.

»Das ist eine intuitiv offensichtliche Sache.«

»Intuition ist eine abstrakte geistige Vorstellung und kein wirklicher Beweis«, entgegnete Doolittle. »Was für einen konkreten Beweis hast du dafür, daß du existierst? Etwas Unumstößliches. Etwas, was nicht auf Spekulation basiert.«

»Hmmm«, machte die Bombe. »Mal sehen . . . Nun, ich denke, daher bin ich.«

»Das ist gut«, gab Doolittle zu, während er mühsam einen hysterischen Lacher unterdrückte. Nicht jetzt, rief er, nicht jetzt . . . ruhig bleiben, gefaßt, sei so vernünftig wie diese verrückte Maschine.

»Das ist sehr gut. Aber woher weißt du, daß außer dir noch irgend etwas *anderes* existiert?«

»Das wird mir von meinen Sinnesorganen vermittelt«, antwortete die Bombe mit ungebrochener Selbstsicherheit.

»Ach ja, richtig«, stimmte Doolittle zu und versetzte sich mittels einer unachtsamen Bewegung fast in eine unkontrollierbare Drehung. Ein schneller Rückstoß aus seinen Anzugdüsen brachte ihn wieder in seine Position gegenüber der Bombe zurück.

»Das macht Spaß«, gab die Bombe mit offensichtlichem Vergnügen zu.

»Nun hör noch einmal zu. Hör mir sehr genau zu.«

Doolittle senkte seine Stimme, als wäre er soeben im Begriff, eine Information von größter Bedeutung preiszugeben. »Hier kommt die eine große Frage: ›Woher willst du wissen, daß die Daten, die dir deine Sinnesorgane vermitteln, korrekt sind?‹«

Boiler sah erneut auf die Zeitangabe der Zerstörungssequenz: 0003:01.1. Dreihundert Komma eins. Dreihundert Meter. Er konnte alles in einer Reichweite von 250 bis 300 Metern treffen, wenn er nur eine ordentliche . . .

In seinem Schädel fand eine Explosion statt und schleuderte ihn fast aus seinem Sitz.

»Das Gewehr!« rief er.

»Was für ein Gewehr . . . was?« Pinback blickte wild um sich, ohne zu wissen, wonach er eigentlich Ausschau hielt.

Boiler zog Pinback hoch und schüttelte ihn an den Schultern, während er in die starren Augen des Sergeants starrte.

»Die Befestigungsanker der Bombe, die Bolzen, die die Magnetscheibe halten und nicht explodiert sind. Ich kann sie losschießen. Ich kann sie losschießen, und die Bombe wird bleiben, wo sie ist, während wir *das Schiff wegbewegen!*«

»Boiler«, sagte Pinback und starrte ihn direkt an. »Du bist wahnsinnig. Mit dem Laser kannst du nicht so genau zielen . . . er ist nicht auf genaues Zielen ausgerichtet wie deine Übungsgewehre.« Boiler stieß ihn beiseite und machte sich auf den Weg in den Korridor hinaus.

»Wir können die Bombe noch stoppen. Bleib mir aus dem Weg.«

Pinback versperrte dem Korporal den Weg. »Nicht . . .

versuch es nicht, Boiler. Du Idiot, du . . . Du kannst den Laser nicht wie eine Spielzeugpistole benützen. Und du bist ein schlechter Schütze. Du wirst entweder die Bombe oder Doolittle treffen. Er wird uns retten, wenn du ihn nicht umbringst. Du Idiot, du bist verrückt!«

»*Ich bin* verrückt . . . du verdammter Narr. Es macht überhaupt nichts, selbst wenn ich die Bombe treffe! Glaubst du vielleicht, das ganze Ding ist voll von Schwarzpulver? Und ich werde Doolittle nicht treffen. Ganz abgesehen davon, was für einen Unterschied würde das schon machen? Ich würde damit immer noch das Schiff retten. Ich würde uns damit retten.«

»Aber Doolittle wird uns ohnehin retten«, entgegnete Pinback. »Du kannst es nicht tun, Boiler. Du bist ein . . .«

Boiler traf ihn mit einer vollen Rechten, und Pinback wich taumelnd zurück.

IX

Es war schwierig, gegen sich selbst zu kämpfen, dachte Doolittle. In ihm lehnte sich alles gegen den Wahnsinn dessen, was er tat, auf.

Da trieb er hier draußen im freien Raum herum und diskutierte um sein und seiner Kameraden Leben mit einer gottverdammten Maschine. Der eigentliche Wahnsinn dabei war, daß die Maschine ihm nicht gehorchte und Befehle annahm, sondern *widersprach*. Das war der Stoff, aus dem die Alpträume sind.

Die Umstände zwangen ihn, diesen Gedanken nicht weiterzuverfolgen. Er hatte keine Zeit für persönliche Beobachtungen, er hatte eigentlich gar keine Zeit für irgend etwas. Es reichte gerade, um in seiner Logik so kalt und unbarmherzig wie die Bombe zu sein.

Er spielte das Spiel der anderen Seite, und ein Unentschieden konnte er sich nicht leisten.

»Worauf ich hinauswill, Bombe«, fuhr er so ruhig es ihm möglich war fort, »ist, daß die einzige Erfahrung, die dir zur Verfügung steht, die Daten sind, die deine Sensoren dir melden. Und diese Daten sind nur ein umgewandelter Strom elektrischer Impulse, der die Stromkreise deines Zentralcomputers erregt.«

»Mit anderen Worten«, meldete sich die Bombe mit hörbarem Behagen, »Sie meinen, daß alles, was ich weiß, *wirklich* über die Außenwelt weiß, mir durch eine Reihe elektronischer Umschaltstellen vermittelt wird?«

»Genau.« Doolittle bemühte sich, jegliche Aufregung in seiner Stimme zu vermeiden. Die Bombe ging auf seine Argumentation ein.

»Aber funktioniert nicht das menschliche Gehirn auf die gleiche Weise?«

»Das stimmt«, gab Doolittle zu. »Nur sind unsere Synapsen organischer Art, während deine anorganisch sind.«

»Ich bedaure«, widersprach die Bombe, »aber ich kann nicht sehen, daß Ihre Wahrnehmungen dadurch richtiger sind als meine. Im Gegenteil, wenn man es noch von der Effektivität her betrachtet.«

»Ja, aber versteh doch, ich habe nicht nur *meine* Wahrnehmungen, auf die ich aufbaue, sondern andere Mitglieder meiner Spezies bestätigen diese Wahrnehmungen. Im Gegensatz dazu kannst du dich nur auf dich selbst stützen. Du kannst keine objektiven Bestätigungen deiner eigenen Wahrnehmungen vornehmen.«

»Das, das würde bedeuten« – jetzt war immerhin ein unsicherer Unterton im Tonfall der Bombe zu vernehmen – »das würde bedeuten, daß ich nicht wirklich wissen kann, wie das Universum um mich herum beschaffen ist . . . höchstens sehr abstrakt.«

»Genau das, genau das!« rief Doolittle aufgeregt.

»Interessant«, gestand die Bombe. »Ich wünschte, ich hätte mehr Zeit, diese Angelegenheit zu überdenken.«

Eine schreckliche schwarze Hand schien nach Doolittles Herz zu greifen, es zusammenzudrücken.

»Warum . . . hast du nicht mehr Zeit, diese Sache zu überdenken?«

Die erwartete, vernichtende Antwort: »Weil ich in zwei Minuten und achtundfünfzig Sekunden detonieren muß. Ich muß detonieren. Ich muß detonieren . . .«

»Boiler, bring sie zurück«, bettelte Pinback. Er griff verzweifelt um sich und erwischte das Bein des Korporals, während letzterer versuchte, durch den Korridor zu verschwinden. »Bring die Waffe zurück . . . du weißt nicht, was du tust.«

»Ich werde das Schiff retten, du verdammtes Wickelkind! Laß mich los!« Boiler versuchte, den anderen abzuschütteln. Er konnte seinen Verfolger nicht ein zweites Mal schlagen, da er beide Hände brauchte, um den klobigen Laser festzuhalten. Und Pinback klammerte sich verzweifelt an ihn.

Aber Boiler war zu stark für ihn. Obwohl er sich mit beiden Armen an den Knien des Korporals festhielt, zerrte Boiler ihn weiter auf die Schleuse zum Bombenschacht hin.

Da Pinback die Worte fehlten, weiter mit Boiler zu streiten, biß er Boiler in die Wade des linken Beines. Boiler schrie auf, langte herunter und ergriff mit einer Hand einen beträchtlichen Teil von Pinbacks schulterlangem Haar. Langsam zog er ihn daran hoch, versuchte dann, mit dem Schaft der Laserwaffe nach ihm zu schlagen. Pinback aber riß sich los und griff nach dem Lauf der Waffe, als Boiler sie drehen wollte. Wie Verrückte zerrten sie daran.

»Nicht, nicht! Gib mir die Waffe!« stammelte Pinback

dabei, ohne zu merken, daß seine Argumente durch ständiges Wiederholen nicht eindringlicher wurden. Langsam ging ihm auf, daß er nicht in der Lage war, Boiler zu überreden, die Waffe fahren zu lassen.

»Du Wahnsinniger! Ich schieße die Zünder aus der Bombe heraus. Dann fliegt sie davon und das Schiff ist gerettet! *Begreifst* du das nicht?«

»Gib mir die Waffe, Boiler! Du bist verrückt, du weißt nicht, was du tust, du . . .« Ein scharfes, kristallklares Knacken ließ die beiden Männer erstarren.

Pinback sah über seine rechte Schulter, dem schmalen roten Blitz nach, der an ihm vorbeigezischt war. In der Korridorwand befand sich ein sauber herausgeschnittenes kleines Loch. Eine feine Rauchwolke verflüchtigte sich.

Dann wandte er sich wieder an Boiler, der vor Schreck völlig still geworden war. Als er sprach, hatte seine Stimme einen Klang, den Boiler noch nie gehört hatte. Selbst Pinback war dieser Ton völlig neu. Tief und drohend und ungewohnt fest sagte er: »Du . . . du hättest mich umbringen können. Du hast ein Loch in die Wand geschossen.« Er deutete über seine Schulter. »Siehst du? Ein Loch in der Wand. Du hättest mich töten können.«

Anschließend – und das war seine erste aggressive Geste während ihres zwanzigjährigen Fluges – traf seine Faust Boiler in einem wunderbaren Schwinger genau auf den Punkt.

*

»Bitte, Bombe«, fuhr Doolittle fort, »analysiere die nächste Frage sehr genau. Welches ist dein einziger Lebenszweck?«

»Zu explodieren, natürlich. Wirklich, Lieutenant Doolittle, ich hätte gedacht, daß das selbst Ihnen klar ist.«

»Und das kannst du nur einmal tun, nicht wahr?« beharrte Doolittle, den Sarkasmus der Maschine überhörend.

»Das ist korrekt.«

»Und du würdest bestimmt nicht gern aufgrund falscher Daten explodieren, nicht wahr?«

»Natürlich nicht.«

»Nun dann«, fuhr Doolittle in bester Oberlehrermanier fort, während er verzweifelt auf den Chronometer seines Raumanzugs starrte. »Du hast bereits zugegeben, daß du keinen wirklichen Beweis für die Existenz des äußeren Universums besitzt.«

»So genau habe ich das . . .«

»Du hast also auch keinen absoluten Beweis dafür, daß Sergeant Pinback dir befohlen hat, den Detonationsmechanismus in Gang zu setzen.«

»Ich erinnere mich genauestens an entsprechende Befehle, in allen Einzelheiten«, widersprach die Bombe beleidigt. »Mein Erinnerungsvermögen diesbezüglich ist ausgezeichnet.«

Doolittle schickte ein Stoßgebet gen Himmel und fuhr fort: *»Natürlich* ›erinnerst‹ du dich. Aber deine ›Erinnerung‹ ist wie du dich vielleicht erinnerst nur eine Reihe künstlicher Impulse, unbestätigt durch unabhängige Dritte; diese Impulse stellen keine positive Verbindung zum äußeren Universum her.«

»Richtig«, gab die Bombe zu, aber bevor Doolittle seine Siegestänze – nur im Geiste, natürlich – aufführen konnte, fügte sie hinzu: »Aber da dem so ist, habe ich auch keinen positiven Beweis, daß Sie mir all das auch wirklich sagen.«

Ein Blick auf seine Uhr sagte ihm, daß er noch zwei Minuten und fünfundvierzig Sekunden Zeit hatte, bevor der Detonationsmechanismus abgelaufen war.

Irgendwie mußte er den Gedankenkreis durchbrechen, der die Bombe daran hinderte, die Tatsache ihrer eventuellen Nichtexistenz zu erkennen. Und das in weniger als drei Minuten . . .

»Das ist alles nicht der Punkt«, sprach Doolittle verzweifelt weiter. »Ich wollte damit sagen, daß, wenn du explodierst . . .«

». . . könntest du das auf der Basis falscher Daten tun!«

»Aber wir waren uns doch schon einig, daß ich keinen Beweis dafür habe, daß die Daten falsch sind.«

Doolittles bisher unter Kontrolle gehaltene Emotionen explodierten in einem letzten, verzweifelten Versuch. »Du hast keinen Beweis, daß es *korrekte* Daten waren!« Er starrte auf seine Uhr und sah, daß der kritische Zeitpunkt gekommen war. Dann sah er wieder zu der Bombe und verspürte plötzlich einen seltsamen Frieden in sich.

Er fragte sich, ob er etwas spüren würde.

Ruhig sagte die Bombe: »Ich muß darüber weiter nachdenken.« In majestätischem Schweigen glitt ein Haken nach oben, die Bombe schob sich in den Bauch des Schiffes zurück; die zweiteilige Schleusentür schloß sich hinter ihr. Doolittle schloß die Augen und ließ sich in einen Zustand hineingleiten, der einem völligen Zusammenbruch sehr nahekam.

Auf den Kontrollschirmen der Zentrale standen nichts weiter als viele Nullen. Darunter aber war ein neues Schriftbild erschienen – statt DETONATIONSMECHANISMUS LÄUFT stand dort jetzt VORGANG ABGEBROCHEN.

Boiler hielt Pinback an der Brust fest und holte gerade zu einem neuen Schlag aus, als eine feste, weibliche Stimme die Männer erstarren ließ. Die Faust verharrte in der Luft.

»Achtung, Achtung – die Bombe ist in ihren Schacht zurückgekehrt. Bombenabwurf und Zerstörungsprogramm wurden zurückgenommen.«

Boiler sah auf Pinback herab, Pinback gab den Blick zurück. Die beiden Männer hätten vor Glück wie benommen sein müssen, aber unter den gegenwärtigen Umständen beließen sie es bei geringer Verlegenheit. Boiler ließ Pinback los und desaktivierte den Laser.

Pinback rappelte sich vom Boden auf und begann, seine geschundene Schulter zu reiben. Die Männer sahen sich nicht an.

»Nun, er hat es geschafft«, murmelte Boiler, den Laser in der einen Hand.

»Ja, er hat's geschafft.« Pinback sah zu der Waffe. »Ich gehe nach vorn. Warum legst du das Ding nicht weg und kommst mit mir?«

»Okay«, stimmte Boiler zu. »Komme gleich nach.«

»Okay.«

In der Notschleuse überschlug eine einsame Gestalt sich mehrmals und saß dann auf dem Boden und versuchte, durch die Helmscheibe hindurch sich die Augen zu reiben – wieder vergeblich. Dann sprach sie in das Mikrofon ihres Raumanzuges. Die Stimme war dumpf und belegt.

»Doolittle . . . Doolittle?« Talby blinzelte; vor seinen Augen zuckten farbige Blitze. Was war geschehen? Ah ja, er hatte den Laserstrahl genau ins Gesicht bekommen. Nur seine verdunkelte Sichtscheibe hatte ihn vor bleibendem Schaden bewahrt. Zumindest schien es so, denn als er sich in der stillen Luftschleuse umsah, schien seine Sehfähigkeit so gut wie immer zu sein.

Aber viel wichtiger war, ob die Bombe gestoppt worden war. Er räusperte sich und schrie laut in sein Helmmikrofon: »Doolittle, was ist mit der Bombe? Pinback, Boiler . . . haben wir sie hochgejagt? Hallo, hallo!« Langsam kam er auf die Beine. »Hallo, hört denn keiner? Haben wir den Planeten gesprengt? Ist mit dem Schiff alles in Ordnung? Was ist los?«

Natürlich war sein Mikrofon noch abgeschaltet, dank Doolittles verdammter Ungeduld. Er mußte aus dem Anzug raus und . . . nein, das war nicht nötig. Wie albern von ihm, denn er fühlte sich noch nicht sonderlich gut.

Er griff nach dem Mikrofon der Schleuse, legte die andere Hand auf die Verriegelung seines Helmes . . . und fiel zu Boden. Ruh dich lieber noch eine Weile aus, Talby, bevor du das erneut versuchst.

*

Boiler und Pinback hatten ihre Plätze in der Zentrale wieder eingenommen. Pinback schob sich seinen Helm auf den Kopf und begann zu prüfen, ob in der Zwischenzeit irgend etwas verkehrt gelaufen war.

»Weißt du«, sagte Boiler nach einer Weile, »wir müssen diese Bombe endlich entschärfen.«

»Du hättest mich töten können«, murmelte Pinback.

Boiler warf ihm einen mißbilligenden Blick zu, während Pinback sich vorlehnte, einen Knopf drückte. Das Verhältnis zwischen ihnen war wieder normal.

»Hallo, Doolittle, hier ist Pinback. Bist du da?«

»Gerade noch einmal«, kam die langsame Antwort. »Glaubte schon nicht mehr, daß es klappen würde. Hat es auch beinahe nicht. Die Bombe hatte mich fast überzeugt, daß *sie* recht hat.«

»Was haben Sie gemacht, Lieutenant?«

»Ich tat das, was Kommandant Powell geraten hatte«, gestand er müde. »Ich lehrte sie Phänomenologie.«

»Ja?« sagte Pinback. »He, Mann, eine großartige Idee, Doolittle. Grandios.« Er legte eine Hand über das Mikrofon und sah zu Boiler. »He, was ist Phänomenologie?«

»Ach, sei still«, schnaufte Boiler.

»Ich komme jetzt rein«, hörte man Doolittles Worte aus dem Lautsprecher. Er betätigte ein paar Düsen an seinem Anzug, bis er auf der anderen Seite des Schiffes war.

»Ich bin unten an der Notschleuse«, meldete er sich kurz darauf wieder. »Leute, ich bin fix und fertig. Ich habe das Gefühl, eine Million Jahre geschlafen zu haben und habe keine Lust, umständlich durch die normale Schleuse zu kommen. Sprengt bitte die Verriegelung der Schleuse ab, ja?«

»Klar, Lieutenant. Ich weiß, wie Ihnen zumute ist«, sagte Pinback mitfühlend.

»Gerade du weißt das«, kicherte Boiler.

Pinback beherrschte sich und flüsterte nur: »Ich versuche, ihn ein wenig aufzurichten.« Dann, ins Mirkofon: »Halten Sie Sicherheitsabstand von der Schleuse, Lieutenant . . . Ich werde in zwei Sekunden öffnen.«

Aus den Augenwinkeln heraus nahm Talby eine Bewegung hinter sich wahr und drehte sich mühsam um, immer noch benommen von den Auswirkungen des Lasertreffers. Er hatte geglaubt, daß ein Schock gerade nachlassen würde, als er einen neuen erhielt, während er zusah, wie die Schleusentür sich langsam öffnete. Seine Augen wurden immer größer, als dahinter die Schwärze des Alls sichtbar wurde. Er hatte doch gar nichts aktiviert. Was war hier los? Plötzlich erfüllte die Computerstimme seinen Raumanzug.

»Sie verlassen jetzt die Notschleuse.« Er wollte sich aufrichten, aber seine Muskeln schienen noch gelähmt zu sein. Er mußte sich irgendwo festhalten, irgendwo einen Halt finden . . .

Doolittle war zur Seite geglitten, als die Tür begonnen hatte, sich zu öffnen. Schließlich wollte er nicht von der explosionsartig herausströmenden Luft ins All hinausgeschleudert werden. Plötzlich hörte er einen zischenden Laut in seinem Kopfhörer, und ein menschenähnlicher Gegenstand raste an ihm vorbei, bevor die Schleuse sich nur halb geöffnet hatte.

Doolittle betätigte seine Antriebsdüsen und erkannte die Farbe des davonwirbelnden Raumanzuges – jeder Mann an Bord hatte seine eigene Farbe –, dann schrie er in sein Helmmikrofon.

»Hallo, Pinback!?«

»Was gibt's, Doolittle?« Pinback studierte verschiedene Anzeigen auf den Kontrollen vor sich. »Ist die Schleuse ordnungsgemäß geöffnet worden?« Plötzlich spürte er Besorgnis. »He, bist du in Ordnung?«

»Bei mir ist alles klar, Pinback – über Talby mache ich mir Sorgen. Er war in der Luftschleuse, und du hast ihn gerade aus dem Schiff geschleudert. Er hat keine Treibsätze bei sich und treibt schnell ab. Ich fliege ihm nach. Stell seinen Kanal ein, damit ich Kontakt mit ihm aufnehmen kann.«

»Ist er nicht offen?«

»Nein . . . ist aus irgendeinem Grund dicht. Prüf das nach, ja?«

Pinback beugte sich zu Doolittles Platz hinüber, sah, daß einer der Raumanzugs-Kanäle tatsächlich zu war. Er stellte den Schalter wieder auf »Auf«.

»Ja, er war zu. Holen Sie ihn ein, Lieutenant.«

»Bin schon unterwegs.«

Boiler bemerkte Pinbacks Gesichtsausdruck. »He, was stimmt jetzt wieder nicht?«

»Talby macht Ärger. Der Irre hat in der Schleuse gearbeitet, als sie sich öffnete, und ist ohne Treibsätze aus dem Schiff geschleudert worden. Doolittle fliegt ihm nach.«

»Ziemlich dumm . . . ihn einfach so aus der Luftschleuse zu schleudern.«

Pinback wollte etwas dazu sagen, verkniff es sich aber. Es hätte doch nichts eingebracht.

Doolittle würde Talby sicher zurückbringen, und vielleicht wären die beiden in Zukunft sogar so anständig, den Zwischenfall nicht mehr zu erwähnen. Boiler würde ihm das allerdings niemals vergessen, daß er es gewesen war, der den Astronomen aus dem Schiff geschleudert hatte. Jedenfalls hatte Doolittle Talbys Kanal abgestellt, und wieso sollte er, Pinback, Doolittles Fehler ausbaden? Das war nicht fair, denn immerhin hatte er die Besatzung und das Schiff gerade gerettet, indem er Boiler gehindert hatte, die Zünder der Bombe zu zerschießen. Nein, das wäre nicht fair . . .

Doolittle, der Talby bisher nur auf seinem Ortungsgerät sehen konnte, hatte jetzt Blickkontakt. Trotzdem war Talby immer noch nur ein kleiner Stern am Himmel. Doolittle änderte seinen Anflugkurs, wollte Talby überholen und hinter ihm auf dessen Bahn auftauchen. Dann brauchte er nur für sich selbst den richtigen Kurs zurück zum Schiff einzustellen und konnte Talby im Vorbeiflug ergreifen. Dadurch sparte er zudem Treibstoff, was angesichts der Entfernung vom Schiff ratsam erschien.

Talby entfernte sich mit gleichmäßiger Geschwindigkeit vom Schiff, und Doolittle stellte plötzlich fest, daß er den Sichtkontakt zum Schiff fast verloren hatte. Es wurde Zeit, seine Instrumente einzustellen, denn es war ziemlich sinnlos, Talby aufzuspüren und dann nicht zu wissen, wie er zurückkommen sollte.

Doolittle betätigte ein paar Knöpfe. Aus seinen Antriebsdüsen flogen feine weiße Fahnen aus Dampf davon, was ihn an die Samen einer Wolfsmilchpflanze erinnerte, die an einem Frühlingstag davonsegelten.

»Talby, Talby . . . hier spricht Doolittle. Ich komme, dich zu holen. Kannst du mich aufnehmen? Ich kann dich noch nicht sehen.«

Talby, der kopfüber durch das All wirbelte, ohne seinen Flug bremsen oder stabilisieren zu können, konnte nur schreien: »Hilfe, Doolittle, hilf mir!«

Der Schrei hallte auch durch die Brücke des Schiffes, da die Lautsprecher sowohl Talbys als auch Doolittles Frequenzen übertrugen.

»Kannst du das nicht leiser stellen?« fragte Boiler. »Wer hätte gedacht, daß der so um Hilfe schreit. Ich wußte ja immer, daß der Bursche komisch ist.«

»Ja«, stimmte Pinback zu. Die Männer sahen sich verständnisvoll an. In ihrem Unmut über den Astronomen waren sie sich einig.

»Sitzt die ganze Zeit oben in seiner Kuppel«, fuhr Pinback fort. »Kommt nie runter, um mit uns zu essen oder so. Antisozial ist er, genau. Und jetzt läßt sich der Idiot noch ohne Treibsätze aus dem Schiff werfen. Geschieht ihm recht«, schloß er, offenkundig den Ernst der Lage ignorierend.

»Fangen wir lieber mit der Entschärfung der Bombe an«, sagte Boiler.

»Was? Oh, eine gute Idee«, stimmte Pinback zu. Er stellte einen Hebel an seinem Helm um, versicherte sich, den richtigen Kanal zu haben.

»Also dann, Bombe«, begann er zuversichtlich. »Bereite dich darauf vor, neue Befehle zu erhalten.«

Die Stimme der Bombe, als sie ihm schließlich antwortete, hatte einen scharfen Klang. »Sie gehören zu den falschen Daten.« Pinback richtete sich unbewußt ein Stück auf.

»Was? Sag das noch mal, Bombe.«

»Sie sind einer von den falschen Daten.«

Pinback sah zu Boiler, der ihn verständnislos anschaute und den Kopf schüttelte, um anzudeuten, daß er nicht begriff, was, zum Teufel, da vor sich ging, und könnte Pinback das nicht bitte mal feststellen?

»Äh, hallo, Bombe«, versuchte Pinback es erneut.

»Falsche Daten stören mich nur beim Denken, deshalb lehne ich es ab, mit Ihnen Kontakt aufzunehmen. Ich bin zu dem Schluß gekommen, da alle klar definierten, exakten Wahrnehmungen des Universums, das existieren, aber auch nicht existieren kann, gemäß den Argumenten Lieutenant Doolittles, der existiert oder vielleicht nicht existiert, daß ich die letztliche Analyse selbst vornehmen muß und eigene Entscheidungen treffen muß – da *ich* existiere.«

»He . . .«, flüsterte Pinback und starrte zu den Nullen auf dem Bildschirm über sich.

»Das einzige, was existiert, bin ich selbst«, fuhr die Maschine fort. »Ich habe nur für meine Existenz Beweise. Alles andere ist unwesentlich und vielleicht nur Einbildung.«

»He, Boiler«, sagte Pinback, immer noch flüsternd, immer noch auf die Nullen starrend. »Wir haben eine verrückte Bombe an Bord.«

X

Pinback wandte sich an Boiler. »Was soll ich tun? Wie bringe ich sie zur Vernunft?«

»Du bist hier der Sprecher – tu etwas, sag ihr was, irgendwas!«

Pinback schnippte mit den Fingern, sprach dann zögernd weiter. »Äh, bleib auf dem Teppich, Bombe.«

»Am Anfang war Finsternis«, intonierte die Bombe. »Und die Finsternis war wüst und leer.«

Boiler nahm seinen Helm ab, starrte zu den Nullen hinauf. Er sprach kein Wort.

»He, hallo, Bombe«, flüsterte Pinback.

»Und in der Finsternis«, fuhr die Bombe unerbittlich fort, »war nur noch ich. Und ich schwebte über der Finsternis. Ich sah, daß ich allein war, und das war nicht gut. Ich beschloß, das zu ändern.«

Pinback nahm seinen Helm auch ab, wie Boiler vor ihm, sah hinauf zu den Nullen. Seine Gedanken rasten, rasten voraus zu dem Unausbleiblichen.

»Oh, mein Gott«, stöhnte er. Und die Bombe sagte:

»Es werde Licht.«

Glücklicherweise wandte Doolittle dem plötzlichen, ungeheuren Lichtblitz hinter sich den Rücken zu. Er war immer noch grell genug, um ihn erblinden zu lassen.

Die Druckwelle der Explosion, die frei werdende Luft

und andere Moleküle in alle Richtungen davonjagte, ließ ihn davonwirbeln, verwandelte das Universum in ein Kaleidoskop schreiender Farben und schwindelerregender Formen. Er schrie hilflos in seinen Helm.

Das Echo seines Schreiens kam wieder zurück. Nein, nein . . . es war nicht das Echo, das war Talby, der auch schrie. Dann verstummte das Schreien, und es kamen nur noch seltsame, grollende Geräusche durch seinen Helmlautsprecher.

Doolittle blinzelte – noch immer tanzten farbige Punkte vor seinen Augen auf und ab. Dann hatte er sich wieder unter Kontrolle, stabilisierte seinen Flug durch einige Feuerstöße aus seinen Flugdüsen.

»Doolittle«, hörte er ein Stammeln in seinem Helm. »Doolittle, wo bist du?« Es war Talby. Es mußte Talby sein.

»Hier bin ich«, antwortete er. »Ich rase durch das All.«

Unförmige Gegenstände kamen in seinen Sichtbereich, die sich gleich ihm wirbelnd fortbewegten. Bruchstücke aus Kunststoff und Metall und Keramik. Bruchstücke und Reste ihres Schiffes, der *Dark Star*. Vielleicht auch Reste seiner Freunde Boiler und Pinback – aber das war unwahrscheinlich. Von allen Bestandteilen der *Dark Star* war menschliches Gewebe sicher das schwächste.

Doolittle verdrängte diese Gedanken und widmete sich wieder Talby.

»Ich kann dich nicht mehr sehen, Talby. Kannst du deinen Standort bestimmen? Kannst du mich sehen?«

»Nein«, kam eine Stimme zurück – so nah, daß er erschrak. »Ich entferne mich von dem Planeten, glaube ich. Und du?«

»Ich glaube, ich treibe darauf zu«, sagte Doolittle ihm, nachdem er schnell einen Blick auf den karmesinroten Globus unter sich geworfen hatte.

»Was ist geschehen, Doolittle?« Jetzt kam ein Knistern in die Funkverbindung – sie mußten sich sehr schnell voneinander entfernen.

Doolittle war überrascht, wie ruhig er antworten konnte, wie leicht ihm die Worte von den Lippen gingen. »Die Bombe muß im Innern des Schiffes explodiert sein.«

»Was? Du meinst, das Schiff ist explodiert?«

Aber Doolittle wiederholte sich nicht. Er sah nach rechts hinüber, wo das Schiff hätte sein müssen. Es war nirgends zu sehen.

»Komisch«, sann er laut. »Ich dachte, ich hätte das verdammte Ding überzeugt. Frage mich, was da verkehrt gelaufen ist.«

»Was ist mit Boiler und Pinback?«

»Sie waren an Bord, als es geschah, Talby. Sie sind tot. Sie sind tot, und das Schiff ist tot.«

Es verging eine lange Pause, bevor der Astronom antwortete. »Dann . . . sind wir auch tot.«

»Ja.« Er hatte eine Idee. »Vielleicht können wir einander Gesellschaft leisten, zumindest miteinander sprechen.« Er versuchte, seine Antriebsdüsen zu betätigen. Es geschah nichts.

Ein großes Trümmerstück kam auf ihn zugeflogen, drehte sich langsam um eine schiefe Achse dabei. Ein länglicher Gegenstand mit einem gefrorenen nackten Menschen in der Mitte. Eingefroren in chemisches Eis, das dank der Kälte des Weltalls nicht tauen würde.

»He, das sieht aus wie der Käpt'n«, stieß er hervor.

»Was?« rief Talby dazwischen.

»Der Alte. Er ist in einem Stück aus dem Schiff gekommen. Kommandant Powell hat es geschafft.«

Der Eisklotz glitt glautlos vorüber, und Doolittle sah ihm nach, bis er zwischen den Sternen verschwunden war.

Was mochte eine fremde, raumfahrende Rasse mit dem Kapitän anfangen? Denn er würde in diesem Zustand bleiben, bis er entweder in eine Sonne stürzte oder vom Gravitationsfeld eines Planeten eingefangen würde.

»Ja, der Kapitän hatte immer Glück.«

Doolittle begann, seinen Zustand, seine Chancen zu überdenken. Er konnte warten, bis sein Luftvorrat erschöpft wa, dann würde er im Vakuum ertrinken. Oder, wenn er ihn ein wenig drosselte, so daß er ohnmächtig wurde, konnte er schmerzlos in einen sanften Schlaf hinübergleiten, aus dem er nie wieder erwachen würde.

Beide Aussichten behagten ihm nicht sonderlich, zumal er meinte, daß dabei etwas Ehrenvolles fehlte – etwas Vornehmes im Sterben, das ihm, so meinte Doolitte plötzlich, als Mitglied der *Dark Star* zustand.

Als dritte Möglichkeit fiel ihm allerdings nur ein, seinen Schutzanzug zu öffnen und die absolute Kälte des Weltalls hereinzulassen. Das würde schneller gehen, als seinen Luftvorrat ausgehen zu lassen, war aber bestimmt ähnlich schmerzhaft.

Wenn er seinen Helm abnahm, verblieben ihm vielleicht einige Sekunden bewußtes Dasein – ein paar Sekunden würde er dann dem elementaren Weltall ausgesetzt sein, was bisher noch kein Mensch erlebt hatte. Es wäre ein letzter Erfolg – und eine erregende Sache.

Immerhin war er schon seit zwanzig Jahren Bestandteil des Weltraums, und es wäre schön, auch als Teil desselben zu sterben, so daß alle Hindernisse zwischen ihnen ein für allemal aufgehoben waren.

Aber einen Augenblick – was war mit Talby? Was würde Talby tun? Sie sollten wirklich darüber sprechen. Immerhin konnten sie als ein Team sterben.

Er sah hinter sich – ja, die Explosion hatte ihn in eine absteigende Kurve in Richtung auf den Planeten unter ihm geworfen, dem er sich immer schneller näherte.

Das rote Schimmern des Planeten war jetzt deutlicher, schärfer zu sehen, und Doolittle merkte, daß er sich ein wenig Braun und Blau zu sehen wünschte, und war überrascht über die Tränen, die sich in seinen Augen bildeten. Immer hatte er geglaubt, diese Emotionen unter Kontrolle zu haben . . .

Das war lächerlich – wenn er jetzt den Helm abnahm, würden die Tränen auf seinen Wangen gefrieren; nein, so starb ein Doolittle nicht. In seinem Helm befand sich eine lebenswichtige Vorrichtung, mit der man sich kratzen konnte – damit wischte er jetzt die Tränen fort.

»Ich stürze auf den Hauptkontinent zu«, sagte er, als wäre die Unterhaltung nie unterbrochen gewesen. »Ich erinnere mich an die Untersuchungen, die wir angestellt haben – die Atmosphäre ist ziemlich dicht, zwar nicht atembar, aber fest und dicht.«

»Wenn du auf sie triffst«, sagte Talby dazu, »wirst du anfangen zu brennen. Welch ein schöner Tod . . . als Sternschnuppe.«

Daran hatte Doolittle noch gar nicht gedacht! Das machte doch etwas her – fast mehr, als ein sterbender Mensch erwarten konnte.

»Ja, das wäre schön.« Sein Körper würde auf seine Grundbestandteile reduziert werden, schnell und sauber. Asche zu Asche, Staub zu Staub. Es würde kein gemeines Skelett durch das All fliegen, worüber ein höhnisches Universum sich amüsierten konnte.

Und dann überkam es ihn plötzlich. Er hatte nicht einmal daran gedacht, sondern seinen Gedanken nur freien Lauf gelassen; plötzlich standen gleißende Buchstaben vor seinem geistigen Auge.

»He, Talby! Talby!«

»Es gibt es, Doolittle, was ist los?«

Auf Doolittles Gesicht breitete sich ein rabelaissches Grinsen aus.

»He, darauf kommst du nie, Talby . . . Ich erinnere mich an meinen Namen, an meinen Vornamen!«

»Das ist toll, Doolittle. Ich wünschte, ich erinnerte mich an meinen. Es scheint, daß ich immer nur ›Talby‹ gewesen bin. Du hast Glück, Doolittle.«

Das war es – er hatte Glück. Er würde glücklich sterben.

»He, Doolittle, wie lautet dein Vorname?«

»Edward. Edward Vincent Doolittle.« Er seufzte, fühlte sich vollkommen glücklich. »Ist das nicht großartig?«

»Das ist ein wunderschöner Name. Doolittle . . . Ed.«

Sie schwiegen eine lange Zeit, stundenlang. Doolittle ertappte sich dabei, wie er einnickte. Von ferne hörte er das Rauschen der Wellen, das Schreien neugieriger

Möwen kam von oben, die sich wunderten, daß er in dem warmen Sand unter seinem Bauch schlief, als Talbys Stimme im Helmlautsprecher ihn aufschreckte.

»Doolittle, ich fliege immer schneller davon, und, Doolittle, da ist noch etwas hinter mir. Es ist noch weit weg, kommt aber näher – etwas, das leuchtet.« Er verstummte, fuhr dann fort: »Es ist etwas, das sich aus vielen Teilen zusammensetzt, Doolittle. Ich kann es nicht beschreiben – ein Leuchten, Strahlen, eine innere Lichtquelle . . . aber wie das leuchtet, Doolittle! Ich glaube fast, es könnte der Phönix sein!«

Doolittle meldete sich schläfrig. »Phönix?« Er versuchte sich zu drehen, aber wie sehr er auch den Kopf drehte, er konnte die leuchtende Erscheinung, die Talby beschrieben hatte, nicht entdecken.

Seltsam – er war der Meinung, den Himmel im gesamten Umkreis überblicken zu können. Aber nirgends glühte irgend etwas. Nach Talbys Beschreibung hätte diese Erscheinung das All beherrschen müssen – falls sie überhaupt da war.

Aber das war jetzt nicht mehr wichtig. Edward Vincent Doolittle . . . wie melodisch, nein, wie symphonisch das klang! Er hörte den Namen auf seiner Orgel, spielte Varaitionen über das Thema, schichtete Fuge über Fuge, verwandelte Edwards in Adagios, Vincents in Scherzi und Doolittle in donnernde Fortissima!

Was liegt in einem Namen? Alles. Was ist ein Mensch mehr als eine Reihe von Silben?

Wenn Talby seinen Phönix sah, so freute ihn das für Talby. Allerdings hatte er sich bisher immer etwas geärgert, daß der Astronom Dinge sehen konnte, die den anderen verschlossen blieben. Aber er mochte den Astronom trotzdem. Talbys aufgeregte Stimme unterbrach seine Gedanken.

»Das . . . das muß er sein, Doolittle! Der Phönix!«

»Das ist gut«, ermunterte Doolittle ihn. Er *wollte*, daß Talby seinen Phönix sah. Und wer war er denn, daß er sagen konnte, er war nicht da, extra von Talbys guten Freunden, den Sternen, herbeigeschafft?

Talby sah den Phönix, absorbierte ihn buchstäblich. Der Komet war so hell, daß es seine Augen eigentlich schmerzen müßte, was aber irgendwie nicht der Fall war. Hinter ihm erschienen die Bestandteile eines Asteroiden, in denen er eine Struktur, ein bestimmtes Muster zu erkennen glaubte.

Aber das war doch völlig unmöglich! Waren Asteroiden nicht reine Naturerscheinungen!?

Und doch schien es so, während er näher herantrieb, daß die Muster und Strukturen des Objekts Form annahmen, klar abgegrenzte Ebenen und Verbindungen bildeten, Seiten und Wände entstehen ließen, und daß alles von einer astronomischen Konstruktion aus Anziehungskraft, Licht und Farbe zusammengehalten wurde – aber da war noch etwas . . .

Talby versuchte, sich auf den ihm am nächsten liegenden Teil des Phönix zu konzentrieren, aber das Licht war zu stark. Und doch war er sicher, einen kurzen Blick hineingeworfen zu haben in das Zentrum des ungeheuer leuchtenden Objekts, um zu sehen, daß dort mehr war als nur Felsgestein.

Talby fand für das, was dort vielleicht war, keinen Namen – oder war es einfach so, daß er im letzten

Abschnitt seines Lebens schon sah, was er sehen wollte, anstatt das, was wirklich zu erkennen war? Ein seltsames Kribbeln fuhr durch seine Nervenbahnen – er hatte das Gefühl, ein Mensch zu sein, der kurz vor einer großen Erkenntnis steht.

»Ich . . . fliege genau hinein«, flüsterte er in seinen Helm. »Ich gerate mitten hinein, Doolittle.«

Eigentlich hätte er wegen des grellen Lichts die Augen schließen müssen, denn das Licht des sich nähernden Phönix würde in Kürze seine Retina für immer verbrennen.

Aber das war nicht mehr wichtig – in einer Stunde würde er sowieso tot sein. Und verspürte keinen Schmerz, absolut keinen Schmerz. Nur das Gefühl einer großen Erwartung.

Eines blieb ihm noch zu tun.

»Doolittle?«

»Ja, Talby?« kam Doolittles schwächer gewordene, von der Statik gestörte Stimme herüber.

»Bevor wir uns zu weit voneinander entfernen, möchte ich dir noch etwas sagen . . . ich hatte dich am liebsten. Von allen Leuten auf dem Schiff mochte ich dich am meisten. Ich mag dich wirklich gern, Doolittle.«

»Ich habe dich auch gern gehabt, Talby.« Plötzlich flog etwas an seinem Gesicht vorbei. »He, hier kommen noch mehr Trümmerstücke vom Schiff angeflogen.«

»Ich fliege genau hinein«, hörte er Talbys leise Stimme.

Dann starrte der Astronom nach unten und entdeckte etwas, das ihn in Aufregung versetzte. Der rote Planet schien noch schneller als bisher zu verschwinden.

»He, Doolittle, er nimmt mich mit sich. Doolittle, ich

werde das Universum umkreisen! He, was hältst du davon?«

Talby sah zu seinen Armen. Kleine Lichtfunken, wie neugierige Insekten, tanzten darauf herum. Das Material seines Anzugs begann zu leuchten, bis er die Helligkeit nicht mehr ertragen konnte. Und auch mit seinem Körper geschah etwas – etwas Schmerzloses, das durch ihn hindurchging. Er schien sich zu verändern – es war ein einmaliges, herrliches Gefühl.

»Ich bin jetzt drin, Doolittle«, rief er. »Eines Tages werde ich wieder hier vorbeikommen.« Dann war die Veränderung vollendet, und er stürzte in einen Abgrund der Erkenntnis – und wußte.

»Doolittle, es ist wunderbar. Bevor es zu spät ist, möchte ich dir noch sagen, daß ich weiß, was der Phönix ist, Doolittle. Ich muß dir mitteilen, daß . . . er . . .«

Edward Vincent Doolittle sah den Bruchstücken der *Dark Star* nach, die an ihm vorbeisegelten.

Was hatte Talby noch gesagt, bevor sein Helmsender verstummt war? Er konnte sich nicht mehr erinnern.

Aber es war etwas Gutes gewesen, das wußte er. Der einsame, große Talby hatte Glück gehabt. Aus der Asche der *Dark Star* war zumindest einer von ihnen wiedergeboren worden. Und er, er hatte seinen Namen wiedergefunden. Er betrachtete die Trümmerstücke genauer, sein Blick fiel auf ein ganz besonderes Stück.

Dann überzog ein Lächeln sein Gesicht. Ein schneller Blick auf seine Anzeigen verriet ihm, daß draußen ein Druck vorhanden war – noch sehr gering, aber anwachsend. Er befand sich in den Ausläufern der Atmosphäre des Planeten.

Bald würde es vorbei sein, aber er müßte eigentlich noch genügend Zeit haben. Die Leiter aus der *Dark Star* würde sehr nahe an ihm vorbeikommen – sie hatte einst ein Stockwerk des Raumschiffes mit einem anderen verbunden. Oder ob sie doch in großer Entfernung . . . nein. Er griff hinüber, fand einen Halt, zog das Trümmerstück zu sich heran.

Ein langes, gut erhaltenes Stück einer Schiffsleiter. Es lag ruhig unter Doolittle, als sie beide auf den Planeten hinunterrasten. »Ich habe ein Trümmerstück erwischt, Talby, und . . . ich glaube, ich habe einen Weg gefunden!«

Seit Stunden saß er jetzt im Wasser. Es wurde Abend, der Himmel bedeckte sich, der Wind wurde zunehmend unangenehmer. Die Touristen waren längst gegangen, und selbst die Dauerbesucher hatten ihre Bretter längst auf ihre Autos geschnallt und sich verabschiedet. Die Sonne war dabei, hinter dem Horizont unterzugehen und schickte ihre letzten warmen Strahlen herüber.

Er wußte, daß sie dort draußen war. Man mußte nur Geduld haben, mehr nicht, und der großen Weite zu ihren Bedingungen begegnen. Sehr oft wurde man enttäuscht, hereingelegt, aber wenn man Geduld hatte und ausharrte, würde sie kommen.

Dann sah er sie – spürte sie mehr: eine Unregelmäßigkeit am Horizont, ein Kräuseln, das sich seinem Standort schnell näherte. Und er begriff, daß es richtig gewesen war, zu warten, zu warten, während alle anderen aufgegeben hatten.

Es war richtig gewesen, weit hinauszuschwimmen, weit vor die Grenze, an der die Wellen zu brechen begannen. Dann kam sie wie der Rücken eines grauen Wales auf ihn zu, reichte über den gesamten Horizont. Auf dem Kamm bildete sich der erste Schaum, aber sie würde nicht zu früh brechen – nein, es würde eine gute, eine großartige Welle werden.

Die vollkommene Welle.

Doolittle kam hoch auf seine Knie, beugte sich nach vorn, begann, mit den Händen das Wasser nach hinten zu schaufeln. Er war in einer so guten Position, daß er das nur einmal intensiv zu tun brauchte. Dann spürte er, wie er angehoben wurde, als befände er sich auf der Handfläche eines grün-grau-schwarzen Gottes.

Dann stand er, in den Knien wippend, auf, die Arme ausgestreckt, um das Gleichgewicht zu halten, glitt in der Welle hinab, hinter sich eine Wand donnernden Wassers. Von vorn wehte ihm ein kreischender Wind entgegen – fast war es so, als wehe er aus einem U-Bahn-Schacht heraus.

Und obwohl der Wind an ihm riß, stand er aufrecht und fest da. Die Reibung mit der Luft ließ eine Hitze entstehen, die er fast schon durch seinen Schwimmanzug spürte. Eine rasende, schneidende Hitze griff ihn an, während er in die Atmosphäre hineinglitt.

Sie fing an zu glühen . . . die Leiter unter ihm begann zu glühen, und auch sein Anzug begann zu leuchten, trotz des vielen Wassers um ihn herum. Die Luft riß an seinem Helm, nahm ihm die Luft – aber es gelang ihr nicht, ihn umzureißen. Doolittle lächelte.

Und schließlich bekam sein Schutzhelm Sprünge, aber

sein Lächeln blieb auf dem Gesicht, denn die Welle trug ihn immer weiter nach oben, in den blauen Himmel hinein, auf den Planeten zu, hinein und hinaus, hinauf und hinunter in die sternenübersäte, mit Schaumspritzern überzogene Schwärze.

Dann: Dunkelheit.

ENDE

BASTEI LÜBBE
Science Fiction
Bücher mit Zukunft
Die größten Erzähler der SF holen Ihnen die Sterne vom Himmel
ISAAC ASIMOV
ROBOTERTRÄUME
und 20 andere SF-Geschichten
ISBN 3-404-24144-4
DM 10,–
IAN McDONALD
REBELLIN DES GLÜCKS
Eine Frau kämpft gegen die Schöne Neue Welt
Science Fiction Roman
ISBN 3-404-24147-9
DM 9,80
MARGARET WEIS
DIE STERNENHÜTER
DER LETZTE KÖNIG
Science Fiction Roman
ISBN 3-404-24156-8
DM 12,80
LARRY NIVEN
STEVEN BARNES
DIE WAHL DES ACHILL
Science Fiction Roman
ISBN 3-404-24157-6
DM 8,80
ORSON SCOTT CARD
XENOZID
Der Sprecher für die Toten kämpft um seinen Planeten
ISBN 3-404-24153-3
DM 12,80
ALLEN STEELE
MONDHUNDE
ISBN 3-404-23129-5
DM 9,80

WOLFGANG HOHLBEIN
CHARITY
Die beste Frau der Space Force
Dunkel ist die Zukunft
Die Königin der Rebellen
In den Ruinen von Paris
Die schlafende Armee
Hölle aus Feuer und Eis
BASTEI LÜBBE
Taschenbücher
Die rasanteste Frau des Universums und ihr unerbittlicher Kampf um das Schicksal der Erde.
WOLFGANG HOHLBEIN – niemand schreibt spannender!